KB034721

# 능청맞은 고양이와 동물 농장

# 1

# 능청맞은 고양이와 동물 농장

## 1

마르셀 에메 지음

김경랑 · 최내경 옮김

문학과
지성사

# 능청맞은 고양이와 동물 농장 1

제1판 제1쇄   2022년 3월 3일

지은이   마르셀 에메
옮긴이   김경랑 최내경
펴낸이   이광호
주간   이근혜
편집   홍근철 박지현
펴낸곳   ㈜**문학과지성사**
등록번호   제1993-000098호
주소   04034 서울 마포구 잔다리로7길 18 (서교동 377-20)
전화   02) 338-7224
팩스   02) 323-4180(편집)   02) 338-7221(영업)
전자우편   moonji@moonji.com
홈페이지   www.moonji.com

ISBN 978-89-320-3978-7  04860
    978-89-320-3977-0  04860(전2권)

# 서문

　『능청맞은 고양이와 동물 농장』은 네 살부터 일흔다섯 살까지의 어린이들을 위한 동화입니다. 그렇다고 해서 자신은 철들었다고 자만하는 독자들의 콧대를 꺾을 생각은 조금도 없습니다. 오히려 저는 모든 사람을 이 이야기의 독자로 초대하고자 합니다. 이성적이고 까다로운 비평가 몇 사람이 개연성의 논리로 제게 가할지 모를 비난을 누그러뜨리기만 바랄 뿐입니다. 이와 관련해 한 저명한 비평가는 "만약 실제로 동물들이 말을 한다고 해도 이 이야기에 나오는 동물들 같지는 않을 것이다"라고 밝힌 바 있습니다. 그의 말이 정말 맞는다고 할 수 있지요. 실제로 동물들이 말을 한다면 정치나 알류샨열도 과학의 미래에 대해 이야기할 거라고 사람들은 아무렇지도 않게 말할 것입니다. 심지어 동물들은 심도 있는 문학평론도 할 수 있을 것입니다. 저는 이런 그럴듯한 가정에 반박할 마음은 없습니다. 이 책의 독자들에게 고백하건대, 이 이야기들은 현실인 양 착각을 일으킬 리 없는 아주 순수한 우화들일 뿐입니다. 이야기를 쓰면서 제가 저질렀을지도 모르는 동물들 특유의 논리 부족과 문법 오류에 대해서는 앞서 말한 현명한 동료 학자처럼 이 분야의 전문가인 여러 비평가들의 이해를 부탁드립니다.

이제 작품에 대한 평가는 비평가들의 몫입니다.


마르셀 에메

# 능청맞은 고양이와 동물 농장 1

## 차례

# 능청맞은 고양이와 동물 농장 2

## 차례

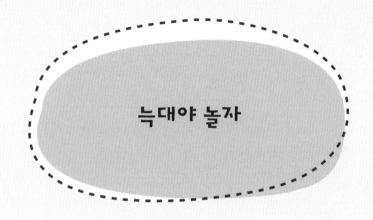

늑대야 놀자

**일러두기**

1. 이 책은 Marcel Aymé의 *Les contes du chat perché*(Gallimard, 1973)를 우리말로 옮긴 것이다.

2. 인명, 지명 등 고유명사의 외래어 표기는 국립국어원 외래어 표기법에 따랐다.

늑대는 울타리 뒤에 숨어 집 주변을 끈질기게 살피고 있었어요. 마침내 엄마 아빠가 부엌에서 나가는 것을 보고는 만족스러운 표정을 지었죠. 엄마 아빠는 문턱에 서서 마지막으로 한 번 더 아이들에게 당부했어요.

"꼭 기억해. 아무에게도 문을 열어줘서는 안 돼. 애원하든 협박하든 절대로 안 돼. 엄마 아빠는 밤에 돌아올 거야."

늑대는 엄마 아빠가 오솔길의 마지막 모퉁이를 돌면서 멀어지는 것을 보자, 한쪽 발을 절뚝거리며 집 주변을 한 바퀴 둘러보았어요. 문은 단단히 잠겨 있었죠.

돼지와 젖소들에게는 아무것도 바랄 것이 없었어요. 원체 아둔한 종자인지라 잡아먹히라고 설득할 수 있을 지경이니까요. 그래서 늑대는 부엌 앞에 멈추어 서서, 창틀에 발을 올려놓은 채 집 안을 들여다보았어요.

델핀과 마리네트는 난롯가에서 공기놀이를 하고 있었어요. 머리색이 더 노란 금발의 마리네트가 언니 델핀에게 말했어요.

"둘만 있으니까 재미없다. 수건 돌리기를 할 수가 없잖아."

"맞아, 수건 돌리기도 손바닥 놀이도 할 수가 없어."

"도둑잡기도, 카드놀이도, 병원 놀이도 못 하지."

"소꿉장난이랑 주사위 놀이도."

"하지만 수건 돌리기랑 손바닥 놀이보다 더 재미난 게 뭐가 있어!"

"셋만 돼도 좋은데……"

아이들이 등을 돌리고 있었으므로 늑대는 자신이 그곳에 있다는 걸 알리려고 콧잔등으로 유리창을 콩콩 두드렸어요. 아이들은 하던 놀이를 냅다 던져버리고는 손을 맞잡고 창가로 왔어요. 늑대가 말했어요.

"안녕. 밖은 따뜻하지가 않구나. 코끝이 떨어져 나갈 것 같아."

마리네트가 웃어대기 시작했어요. 늑대의 뾰족한 귀와

머리 위로 곤두선 한 움큼의 털이 우스꽝스러워 보였기 때문이에요. 하지만 언니 델핀은 전혀 속지 않았어요. 동생의 손을 힘주어 잡으면서 소곤거렸어요.

"저건 늑대야."

"늑대라고? 그럼…… 무서운 거야?"

마리네트가 말했어요.

"물론이지, 무서운 거야."

두 아이는 귓속말을 주고받으며 둘의 금발이 뒤섞일 정도로 서로의 목을 끌어안고는 공포로 오들오들 떨고 있었어요. 늑대는 숲과 들판을 뛰어다닌 이래로 이처럼 예쁜 아이들을 본 적이 없었어요. 그는 마음이 한껏 누그러졌어요.

'그런데 내가 왜 이러지? 이런, 다리가 다 후들거리네.'

그런 생각이 들면서 늑대는 별안간 자신이 착해졌다고 느꼈어요. 착하고 다정해진 늑대는 더 이상 아이들을 잡아먹을 생각조차 할 수 없었어요.

늑대는 착한 사람이 그러듯 고개를 왼쪽으로 기울인 채 상냥한 목소리로 말했어요.

"아이고 추워. 한쪽 발도 아프고. 그런데 얘들아, 나는 아주 착하단다. 만약 내게 문을 열어준다면, 난롯가에서 몸을

좀 따뜻하게 데우고 나서 셋이 함께 오후를 보낼 수 있을 거야."

아이들은 조금 놀란 눈으로 서로를 바라보았어요. 늑대의 목소리가 이렇게 상냥할 줄은 미처 생각지 못했거든요. 벌써 두려움에서 벗어나 안심한 마리네트는 친구에게 하듯 늑대에게 손짓했어요. 그러나 쉽게 분별력을 잃지 않는 델핀은 마음을 가라앉히고 말했어요.

"저리 가요. 당신은 늑대잖아!"

"이해해주세요. 아저씨를 내쫓으려는 게 아니에요. 우리 엄마 아빠가 아무도 집 안으로 들이지 말라고 하셨어요. 애원하든 협박하든 절대로 안 된다고 하셨거든요."

마리네트가 미소를 지으며 부드럽게 덧붙였어요.

그러자 늑대는 한숨을 내쉬었고, 쫑긋한 양쪽 귀가 아래로 축 늘어져버렸어요. 그러고는 슬픈 모습으로 말했어요.

"사람들은 늑대에 대해 이러쿵저러쿵 말이 많지. 하지만 그 말을 모두 믿어서는 안 돼. 사실 나는 절대 심술궂지 않아."

늑대는 낙담한 표정으로 다시 한번 깊은 한숨을 내쉬었어요. 마리네트의 눈가에 눈물이 그렁그렁 고였어요.

아이들은 늑대가 한쪽 발이 아픈 데다 몹시 추워하고 있는 것을 알고 마음이 편치 않았어요. 마리네트가 자신은 늑대 편이라는 듯 늑대를 향해 한쪽 눈을 찡긋해 보이고는 언니의 귀에 대고 무언가를 속삭였어요. 델핀은 잠시 생각에 잠겼어요. 델핀은 모든 일을 가볍게 결정하지 않았거든요.

"저 늑대는 착한 것 같기도 해. 하지만 믿을 수가 없어. 너도 알잖아, '늑대와 새끼 양' 이야기. 새끼 양은 아무 짓도 안 했지만……"

그러나 늑대가 자신의 진심을 계속 주장하자 델핀은 늑대의 면전에 얼굴을 들이대면서 큰 소리로 외쳤어요.

"그럼 새끼 양은요?…… 말해보세요. 아저씨가 잡아먹은 새끼 양 말이에요."

늑대는 당황하지 않고 말했어요.

"내가 잡아먹은 양이라고? 어느 양 말이니?"

늑대는 아주 단순하고 당연한 일인 양 차분하게 말했어요. 조용한 태도와 표정은 등골이 서늘해질 정도였어요.

"뭐라고요? 그럼 한 마리가 아니라 여러 마리를 잡아먹은 거군요!" 델핀이 소리쳤어요. "아이고 맙소사, 정말 잘하셨네요!"

"당연하지. 난 새끼 양을 여러 마리 잡아먹었어. 그게 뭐가 나쁘다는 건지 모르겠네…… 너희도 양고기를 먹잖아."

반박할 말이 없었어요. 방금 전에도 점심 식사로 양 넓적다리 요리를 먹은 참이었거든요. 늑대가 다시 말했어요.

"자, 이제 내가 그리 나쁘지 않다는 걸 알았지? 어서 문을 열어줘. 난롯가에 동그랗게 둘러앉아 내 재미난 이야기를 들으렴. 산을 어슬렁거리거나 들판을 뛰어다니면서 지내다 보니 세상 얘기를 많이 알게 되었지. 그건 너희도 짐작이 가지? 지난번 세 마리 산토끼에게 일어났던 일만 얘기해도 너희는 배꼽 잡고 웃을걸."

아이들은 목소리를 낮추어 서로 다투었어요. 마리네트는 당장 늑대에게 문을 열어주려고 했어요. 겨울 찬바람 속을 아픈 발로 떨게 놔둘 수가 없었죠. 하지만 델핀은 여전히 경계를 늦추지 않았어요. 마리네트가 말했어요.

"좋아, 언니는 더 이상 늑대가 새끼 양을 먹은 것에 대해 나무랄 수가 없어. 배고파서 굶어 죽을 수는 없으니까!"

"감자만 먹어도 되잖아."

델핀이 대꾸했어요. 마리네트가 눈에 눈물이 가득 고인 채 계속해서 간절한 목소리로 늑대를 변론하자 델핀은 감동을 받고 어느새 늑대에게 문을 열어주기 위해 문 쪽으로 걸어가고 있었어요. 그러다 별안간 웃음을 터뜨리더니 어깨를 으쓱하면서, 어안이 벙벙해진 마리네트에게 말했어요.

"아니야, 아무리 생각해도 이건 너무 바보 같은 짓이야!" 델핀은 늑대를 똑바로 쳐다보았어요. "이것 봐요, 늑대 아저씨. 내가 '빨간 모자' 얘기를 깜빡 잊고 있었어요. 그 얘기를 좀 해보시겠어요?"

늑대는 창피한 듯 고개를 떨구었어요. 전혀 예상치 못한 일이었던지라 유리창 뒤에서 코를 킁킁거릴 뿐이었죠.

"맞아. 내가 빨간 모자를 먹어버렸어. 그런데 정말이지, 난 그 일을 너무나 후회했단다. 그런 상황이 다시 벌어진다면……"

"맞아요, 사람들은 늘 그런 식으로 말하죠."

"다짐하건대, 그런 일이 또 벌어진다면 나는 차라리 굶어 죽을 거야."

늑대는 왼쪽 가슴을 치며 가라앉은 목소리로 말했어요.

"어쨌든…… 아저씨는 빨간 모자를 잡아먹었군요!"

델핀이 한숨을 쉬며 중얼거렸어요.

"아니라고는 말 못 하지. 그래, 내가 잡아먹었어. 빨간 모자를 내가 잡아먹었다고! 하지만 그건 젊은 시절의…… 실수라고나 할까. 남의 잘못을 용서할 줄 알아야 해. 이미 아주 오래전 일이잖아. 더군다나 그 꼬마로 인해 내가 얼마나 난처한 일들을 겪었는지…… 알기나 해! 심지어 사람들은 내가 할머니부터 잡아먹었다고까지 말하는데, 그건 절대 사실이 아니야. 절대……" 그러면서 늑대는 자기도 모르게 콧방귀를 뀌기 시작했어요. "할머니를 먹다니! 싱싱한 꼬마 여자애가 점심 식사로 기다리고 있는데, 내가 왜! 내가 그렇게까지 어리석진 않거든!"

그날의 싱싱한 살코기 점심을 떠올리며 늑대는 뾰족한 송곳니를 드러낸 채 커다란 혀로 축 처진 입술을 여러 번 핥았어요. 이것을 본 두 아이는 마음을 놓을 수가 없었죠. 델핀이 소리쳤어요.

"늑대 아저씨! 당신은 거짓말쟁이예요! 만약 아저씨 말대로 그때 일을 후회한다면 그렇게 입술을 핥아대진 않을 테니까요!"

늑대는 포동포동하고 입안에서 살살 녹던 여자애를 떠올리면서 입술을 핥은 것에 순간 당황했어요. 하지만 이제 늑대는 자신이 착하고 정직하다고 믿어서 자기 자신을 전혀 의심하지 않았어요. 늑대가 말했어요.

"아, 미안해. 이건 늑대 집안에 내려오는 나쁜 전통이야…… 하지만 아무 의미도 없단다."

"버릇없이 자란 거야…… 아저씨 사정이고요."

델핀이 냉정하게 말했어요.

"그렇게 말하지 마……" 늑대가 한숨 섞인 목소리로 애원했어요. "정말 난 후회하고 있다구……"

"꼬마 여자애를 잡아먹는 것도 그 집안의 전통인가요? 근데 말이죠, 늑대 아저씨가 더 이상 어린애를 잡아먹지 않겠다고 맹세하는 건 마치 마리네트가 더 이상 디저트를 먹지 않겠다고 맹세하는 거나 마찬가지예요."

마리네트는 얼굴이 빨개졌고 늑대는 고함을 지르며 항의하다시피 말했어요.

"내가 맹세하건대……"

"더 이상 그 얘기는 하지 마세요. 가던 길을 그냥 가셔요. 뛰어가다 보면 몸에서 열이 날 거예요."

자신이 착하다는 것을 아이들이 믿어주지 않자 늑대는 화가 나기 시작했어요.

"그래도 이건 너무 심하군!" 늑대는 화가 나 외쳤어요. "도대체 진실의 소리를 들으려 하질 않아! 정직한 걸 역겨워하는 건 너희야. 남의 호의를 무시할 권리가 너희에게 있기라도 한 줄 알아? 천만에! 내가 혹시라도 어린애를 다시 잡아먹는다면, 그건 너희 탓일 거야!"

이 말을 듣자 아이들은 무거운 책임감을 느꼈고, 늑대가 후회할 일을 자신들이 만들기라도 한 양 걱정이 되었어요. 하지만 늑대의 쫑긋거리는 귀가 어찌나 뾰족하던지, 눈은 어찌나 섬광으로 빛나고 말려 올라간 입술 사이로 보이는 송곳니는 어찌나 단단해 보이던지, 두 아이는 그만 겁에 질려 옴짝달싹할 수 없었죠.

늑대는 아이들에게 말로 겁을 줘봤자 아무 도움도 안 된다는 것을 깨달았어요. 그는 화를 낸 것을 사과하고는 다시 문을 열어달라고 애원했어요. 그러는 동안 늑대의 눈은 다정함으로 넘쳤고 귀는 아래로 축 처졌어요. 콧잔등을 유리창에 바싹 갖다 대는 바람에 얼굴이 납작하게 찌부러져서 마치 젖소의 콧방울처럼 부드러워 보였어요. 마리네트가 말했어요.

"저것 좀 봐, 늑대는 나쁘지 않아."

그러자 델핀이 대답했어요.

"그럴 수도 있겠지…… 그럴 수도……"

늑대의 목소리가 너무도 애처로워서, 마리네트는 더 이상 참지 못하고 문가로 다가갔어요. 놀란 델핀이 마리네트의 머리채를 잡아끌었어요. 아이들은 주거니 받거니 서로 뺨을 때리며 다투기 시작했어요. 늑대는 지금까지 본 적이 없는 저 예쁜 아이들이 자기 때문에 서로 싸우는 모습을 보고는, 그냥 가버리는 것이 더 낫겠다고 중얼거리면서 낙담한 채 유리창 너머에서 속상해했어요. 그러다 결국 어깨를 들썩들썩 흐느껴 울면서 창가를 떠나 멀어져갔어요.

"에구 속상하다. 나는 정말 착하고 다정한데…… 아이들은 내 진심을 받아주질 않아. 나는 더욱 착해질 거고 이제 더 이상 새끼 양도 잡아먹지 않을 건데……"

델핀은 추위와 서러움을 끌어안고 세 발로 절뚝거리며 가는 늑대를 바라보았어요. 후회와 동정심에 사로잡힌 델핀이 창밖을 향해 소리쳤어요.

"늑대 아저씨! 우린 아저씨가 이제 무섭지 않아요. 몸을 데우러 어서 들어오세요!"

마리네트가 이미 문을 열고 늑대를 만나러 뛰어갔죠.

"이런 세상에! 불 가에 앉으니 정말 좋구나." 늑대가 한숨을 쉬었어요. "집보다 더 좋은 건 없구나. 난 늘 그렇게 생각해왔지."

늑대는 저만치에 떨어져 겁먹은 채 서 있는 아이들을 애정 가득한 눈길로 바라보았어요. 다친 발을 핥으며 등과 배를 난롯불에 쬔 늑대는 이야기를 시작했어요. 아이들은 여우와 다람쥐, 두더지와 세 마리 산토끼의 모험 이야기를 들으려고 늑대 쪽으로 가까이 다가앉았어요. 이야기가 너무 재미있어서 늑대는 두 번 세 번 반복했죠.

마리네트는 벌써 친구의 목에 매달려 뾰족한 귀를 잡아당기고 털을 아래위로 쓰다듬으며 놀고 있었어요. 델핀은 친해지는 데 좀더 시간이 걸렸어요. 곧 델핀도 털을 쓰다듬으면서 장난을 쳤고 작은 손을 늑대의 입안에 집어넣게 되었어요. 순간 델핀이 자기도 모르게 소리쳤어요.

"우와, 아저씨 이빨이 정말 크네!"

늑대가 너무 거북해하는 듯하자 마리네트는 팔로 늑대 얼굴을 가려주었어요.

배가 몹시 고픈데도 늑대는 아이들을 생각해서 아무 말

도 하지 않았어요.

'내가 이렇게 착할 수 있다니…… 믿어지지가 않네……'

늑대는 흐뭇한 미소를 띠며 혼자 생각했어요.

늑대가 이런저런 이야기를 마치자, 아이들은 늑대에게 같이 놀자고 제안했어요.

"같이 놀자고? 하지만 난 아는 놀이가 없는데……"

늑대가 말했어요.

잠시 후 늑대는 손바닥 놀이, 수건 돌리기, 팔뚝 치기 놀이, 병원 놀이를 배웠어요. 멋지고 나지막한 목소리로 「내 친구 기에리」의 후렴구를 흥얼거리는가 하면 「탑아, 조심해, 탑아, 조심해」 노래를 불러주었어요.

부엌에서 밀치고 소리치고 웃고 의자가 뒤집어지고 야 단법석이었지요. 셋은 오래전부터 알고 지내던 친구들처럼 전혀 거리낌 없이 반말을 했어요.

"늑대야, 이번엔 네가 술래가 될 차례야!"

"아니야. 네 차례야. 네가 움직였잖아. 쟤도 움직였어."

"늑대 술래!"

늑대는 지금까지 살아오는 동안 이렇게 턱이 빠질 정도로 속 시원하게 웃어본 적이 없었어요.

"아이들과 노는 게 이렇게 재미있을 줄은 생각도 못 했어. 매일 이렇게 놀 수 없다니, 정말 속상해!"

"그러면 늑대야!" 아이들이 대답했어요. "다시 오면 되잖아. 우리 엄마 아빠는 목요일마다 오후에 나가시거든. 엄마 아빠가 나가시는 걸 보고 있다가 방금 전에 한 것처럼 유리창을 두드리면 돼."

셋은 마지막으로 말타기 놀이를 했어요. 마리네트가 늑대 등에 걸터앉으면 델핀은 늑대 꼬리를 잡고 의자들 사이로 끌고 다녔어요. 혀는 축 늘어지고 입은 귀까지 찢어지도록 벌리고는 웃고 달리느라 숨이 찬 늑대가 띄엄띄엄 끊어 말했어요.

"잠깐만, 잠깐만. 얘들아, 나 좀 웃게 내버려 둬. 더 이상 못 참겠다…… 아이고, 배꼽 빠지겠네!"

그러자 마리네트는 늑대 등에서 내려오고, 델핀은 늑대의 꼬리를 놔주고는 셋이 함께 숨 넘어가게 웃어댔어요.

저녁 무렵이 되자 이제 늑대는 놀이를 마치고 돌아가야 했어요. 아이들은 울음을 터뜨릴 지경이 되었죠. 마리네트는 늑대에게 매달리며 애원했어요.

"늑대야, 우리랑 같이 있어. 조금만 더 놀자. 엄마 아빠는 아무 말씀도 하지 않으실 거야. 두고 봐……"

"아, 아니야." 늑대가 말했어요. "부모님들은 지나치게 이성적이란다. 늑대도 착해질 수 있다는 걸 절대로 이해 못 하시지. 엄마 아빠 들을 내가 좀 알아."

"맞아." 델핀이 맞장구를 쳤어요. "늑장 부리지 말고 어서 떠나는 게 좋겠어. 엄마 아빠가 널 보면, 무슨 일이 생길까 봐 겁나."

세 친구는 다음 주 목요일에 다시 만나자고 약속했어요. 약속에 약속이 이어졌고 인사에 인사가 이어졌지요. 마리네트가 늑대 목에 파란 리본을 매어주고 나서야 늑대는 벌판을 지나 숲속으로 사라졌어요.

다친 발은 여전히 아팠지만, 다음 주 목요일에 두 꼬마 여자애들을 만날 생각을 하며 늑대는 나무 꼭대기에서 졸고 있던 까마귀의 신경질에도 아랑곳 않고 콧노래까지 흥얼거렸어요.


내 친구 기에리,
나랑 같이 놀지 않을래……

집으로 돌아온 부모님은 부엌문 앞에서 코를 킁킁거리며 냄새를 맡고는, "여기서 늑대 냄새가 나는 것 같아"라고 말했어요.

아이들은 놀란 척하며 부모님 모르게 늑대를 집 안으로 들이는 것은 절대 있을 수 없는 일이라고 거짓말을 했어요.

"어떻게 늑대 냄새가 날 수 있겠어요? 늑대가 부엌에 들어왔으면, 우리 둘 다 잡아먹혔을 텐데요."

델핀이 반박했어요.

"그건 그래." 아빠가 수긍했어요. "그 생각은 못 했네. 늑대가 너희를 잡아먹어버렸겠지."

그런데 거짓말을 이어갈 줄 모르는 마리네트는 늑대를 그렇게 나쁘게 말하는 엄마 아빠에게 화가 나서 못 참겠다는 듯 발을 구르며 말했어요.

"그렇지 않아요. 늑대는 아이들을 좋아해요. 그리고 못되고 무섭다는 말도 사실이 아니에요. 그 증거로……"

다행히 델핀이 마리네트의 정강이를 살짝 걷어차서 말을 끊었어요. 그냥 놔두었다면 마리네트가 모든 것을 다 말해버렸을 거예요.

마리네트의 말을 듣고 엄마 아빠는 특히 늑대의 포악성

을 강조하며 한바탕 설교를 시작했어요. 엄마는 이때다 싶어 '빨간 모자' 이야기를 하려 했지만, 첫마디를 꺼내기가 무섭게 마리네트가 말을 끊어버렸어요.

"엄마, 그런데 있잖아요, 그게 엄마가 알고 계신 것과는 좀 달라요. 늑대는 할머니를 절대 잡아먹지 않았어요. 따끈따끈한 꼬마를 먹기 전에 늑대가 미리 배를 채울 턱이 없지요. 엄마가 생각해봐도 그렇죠?"

그러자 델핀은 한술 더 떴어요.

"그리고…… 언제까지나 늑대를 원망할 수도 없는 거구요……"

"옛날얘기이기도 하고……"

"젊은 시절의 실수였다고 할까……"

"남의 잘못을 용서할 줄도 알아야 해요."

"요즘 늑대는 더 이상 옛날 늑대가 아니에요……"

"남의 호의를 함부로 무시하면 안 되잖아요……"

엄마 아빠는 자신들의 귀를 의심했죠.

아빠는 두 딸이 철없고 경솔하다 생각하며 늑대에 대한 터무니없는 역성을 단칼에 잘라버렸어요. 아빠는 늑대는 여전히 그저 늑대일 뿐이라는 둥, 늑대가 더 나아지리라고 기대하는 것은 있을 수 없는 일이라는 둥, 혹시 어느 날 늑대가 상냥하게 군다면 그건 더 위험한 일이라는 둥 몇 가지 예를 들며 잔소리를 늘어놓았어요.

아빠가 한바탕 설교하는 동안 아이들은 그날 오후에 했던 말타기와 손바닥 놀이 그리고 입을 떡 벌린 채 숨이 넘어갈 듯 웃어젖히던 늑대를 생각하고 있었어요.

"너희가 늑대를 안 겪어봐서 그런 거야."

그러자 마리네트가 델핀을 팔꿈치로 툭 건드렸고 아이들은 아빠의 면전에서 깔깔거리며 큰 소리로 웃음을 터뜨렸어요. 엄마 아빠는 버릇없이 구는 아이들을 벌주느라 저녁 식사도 굶긴 채 재웠어요. 엄마 아빠가 침대 머리맡을 다녀간 후에도, 두 분이 아무것도 모른다는 사실에 아이들은 한동안 낄낄대고 웃어댔지요.

이튿날부터 아이들은 친구를 다시 만날 때까지 조바심을 달래고 엄마를 놀려주려는 얄궂은 생각으로 늑대 놀이를 상상해냈어요. 마리네트는 두 가지 음에 가사를 붙여 노래를 불렀어요.

"숲길을 따라 산책해볼까나. 늑대가 없는 동안. 늑대야, 거기에 있니? 내 말 들리니? 뭘 하고 있니?"

그러면 늑대를 맡은 델핀이 부엌 식탁 아래에 숨어 대답했어요.

"셔츠를 입고 있지."

마리네트는 늑대가 양말부터 큰 칼까지 필요한 것들을 모두 하나씩 착용할 때마다 몇 번이고 같은 것을 되물었어요. 그러다 갑자기 늑대가 달려들어 마리네트를 잡아먹어버리는 놀이였죠.

놀이의 재미는 늑대가 숲속에서 언제 튀어나올지 모르는데 있었어요. 늑대가 숲에서 나올 준비가 항상 되어 있는 건아니었거든요. 셔츠 소매에 한쪽 팔만 낀 채로도 먹잇감에게 달려드는가 하면 머리에 모자 하나만 얹은 채로 숲속에서 뛰쳐나오기도 했어요.

엄마 아빠는 이 늑대 놀이를 그리 좋아하지 않았어요. 매일 되풀이되는 같은 노랫말에 질려버린 엄마는 사흘째 되던 날 귀청이 터져버리겠다는 핑계로 그만두게 했어요. 아이들은 다른 놀이를 하고 싶지는 않았던지라 늑대와 약속한 날까지 집 안은 조용했답니다.

늑대는 주둥이를 씻고 털에 광을 내고 목 주변의 가슴 털을 보송보송하고 풍성해 보이도록 빗느라 아침나절을 다

보냈어요. 너무나 멋지게 변해버린 늑대의 모습은 숲속의 친구들이 그 옆을 지나가면서도 알아보지 못할 정도였죠.

늑대가 벌판으로 나왔을 때, 점심 식사 후면 거의 늘 그렇듯 밝은 햇볕 아래서 지저귀던 까마귀 두 마리가 늑대에게 오늘 어쩐 일로 그렇게 멋지게 차려입었는지 물었어요. 늑대가 거드름을 피우며 자랑스럽게 대답했어요.

"친구들을 보러 가. 오늘 오후에 보기로 약속했지."

"그 친구들은 아주 예쁜가 보군? 네가 그렇게 말끔하게 단장한 걸 보면."

"맞아. 온 벌판을 다 뒤진다 해도 그렇게 예쁜 금발은 찾을 수 없을 거야!"

그 말에 까마귀들은 감탄해 입을 다물지 못했으나, 옆에서 이들의 대화를 듣고 있던 나이 많은 까치는 히죽거리며 비아냥거렸어요.

"늑대야, 나는 네 친구들을 모르지만 분명 통통하게 살이 찌고 부드럽겠지? 혹시 내가 착각했나?"

"조용히 해, 이 수다쟁이야!" 늑대는 화가 나서 소리쳤어요. "그러니 까치 할망구가 수다쟁이라는 소릴 듣는 거야. 나도 양심이란 게 있다구!"

델핀과 마리네트의 집에 도착했을 때, 늑대는 유리창을 두드릴 필요가 없었어요. 두 아이가 문 앞에서 늑대를 기다리고 있었거든요. 셋은 지난번보다 훨씬 더 다정하게 한참 동안 서로를 얼싸안고 반가워했어요. 헤어지고 나서 지난 일주일 동안 서로 너무 보고 싶었기 때문이에요. 마리네트가 말했어요.

"아, 늑대야! 이번 주 내내 집 안이 얼마나 우울했다구. 계속 네 얘기만 했지 뭐야."

"그런데 늑대야, 네 말이 맞아. 부모님은 네가 착할 수 있다는 걸 믿으려 하지 않으셔."

"그럴 줄 알았어. 방금 전에도 까치 할멈이 뭐랬는지 알아, 나 참······"

"하지만 늑대야, 우리는 네 편을 들었어. 그래서 엄마 아빠가 우리에게 저녁밥도 안 주고 침대로 내쫓으셨어."

"그리고 일요일에는 늑대 놀이도 못 하게 하셨어."

할 얘기가 너무 많았던 세 친구는 놀이를 시작하기 전에 먼저 난롯가에 앉았어요. 늑대는 정신을 차릴 수가 없었죠. 아이들은 지난 일주일 동안 늑대가 한 모든 일을 알고 싶어 했어요. 춥지는 않았는지, 아픈 발은 다 나았는지, 여우나도요새, 멧돼지를 만나지는 않았는지……

마리네트가 말했어요.

"늑대야, 봄이 오면 저 멀리 온갖 동물들이 살고 있는 숲
속으로 우릴 데려다줘. 너랑 같이 있으면 아무것도 무섭지
않을 거야."

"우리 예쁜이들아, 봄에 너희가 숲속에서 무서워할 건 아
무것도 없어. 내가 숲속의 친구들에게 말을 아주 잘해놓아
서, 성마르고 심술궂은 친구들조차 순한 아기처럼 얌전해
져 있을 거야. 맞다! 바로 엊그제 일인데 말이지, 닭장을 덮
쳐 완전 피바다로 만든 여우 한 마리를 만나서 내가 앞으로
더 이상 그러면 안 된다고, 사는 방식을 바꿔야 한다고 말했
어. 내가 따끔하게 훈계를 해주었지. 그랬더니 평소에 약삭
빠른 짓만 하는 여우가 나한테 뭐라고 한 줄 알아? '늑대야,
나도 이제 너를 본받도록 노력할게. 나중에 다시 얘기하자.
네가 한 착한 일들을 모두 알게 되면 나도 고칠 수 있을 거
야.' 이렇게 말했다니까. 그 약삭빠른 여우가 말이야."

"넌 정말 착해."

델핀이 중얼거렸어요.

"그럼 그럼, 난 착하지. 아무도 아니라고 말 못 해. 하지만

너희도 알잖아. 너희 부모님은 절대 믿지 않으시니. 그걸 생각하면 정말 가슴이 아파."

이 우울한 생각을 떨쳐버리기 위해 마리네트가 말타기 놀이를 제안했어요. 늑대는 지난 목요일보다 더 신나고 활기차게 놀았어요. 말타기 놀이가 끝나자 델핀이 물었어요.

"늑대야, 우리 늑대 놀이 할까?"

늑대에게는 새로운 놀이였기 때문에 아이들은 늑대에게 놀이 규칙을 설명해주었고, 너무나 당연히 늑대가 늑대 역할을 맡았어요. 늑대는 식탁 아래 숨었고 아이들은 늑대 앞을 지나갈 때마다 노래 후렴구를 불렀어요.

"숲길을 따라 산책해볼까나. 늑대가 없는 동안. 늑대야, 거기에 있니? 내 말 들리니? 뭘 하고 있니?"

늑대는 키득대며 배를 잡고 웃었어요.

"속바지 입는다."

여전히 키득거리면서 늑대는 바지, 멜빵, 나비넥타이에 조끼를 입는다고 대답했어요. 그런데 신발을 신을 때가 되자 늑대는 심각해지기 시작했어요.

"허리띠 맨다."

이 말을 하고 나서 늑대는 킥킥대며 웃었는데, 순간 뭔가 거북함과 불안함이 목구멍을 조여왔고 어느새 발톱으로 부엌 바닥을 긁어대고 있었어요.

붉게 번득이는 늑대의 눈앞에 식탁 아래로 기어 다니는 두 아이의 허벅지가 어른거렸어요. 그의 등줄기로 식은땀이 흐르고 두꺼운 입술이 일그러졌어요.

"……늑대야, 거기에 있니? 내 말 들리니? 뭘 하고 있니?"

"나는 큰 칼 찬다."

쉰 목소리로 늑대가 대답했어요. 머릿속에는 여러 가지 생각이 뒤죽박죽 뒤섞였어요. 아이들의 다리가 더 이상 보이지 않자 쿵쿵대며 냄새를 맡고 있었죠.

"……늑대야, 거기에 있니? 내 말 들리니? 뭘 하고 있니?"

"말에 올라탄다. 숲에서 나가려고!"

말이 끝남과 동시에 늑대는 입을 떡 벌린 채 발톱을 세우고 큰 소리로 울부짖으며 식탁 밖으로 뛰쳐나왔어요. 아이들은 미처 겁먹을 틈도 없이 이미 늑대의 배 속에 들어가 있었어요.

다행히 늑대는 문을 열 줄 몰랐기 때문에 부엌에 갇혀 있어야 했어요. 집으로 돌아온 엄마 아빠가 늑대의 배를 갈라 두 아이를 꺼낼 수 있었어요. 이건 장난이라고 할 수 없는 일이었죠.

델핀과 마리네트는 늑대가 좀더 조심하지 않고 자신들을 잡아먹은 것이 조금 서운하긴 했지만, 늑대와 워낙 재미있게 놀았기에 엄마 아빠에게 늑대를 놓아주라고 간청했어요. 늑대의 배는 이불 바늘과 기름 먹인 2미터짜리 굵고 질긴 실로 꿰매어주었어요. 아이들은 늑대가 아파할 생각에 속이 상해 울었지만 늑대는 눈물을 삼키며 말했어요.

"괜찮아, 얘들아. 나는 아파도 싸. 너희는 나를 욕해도 될 텐데…… 정말 착하구나. 맹세컨대 앞으로는 절대로 아이들을 잡아먹지 않을게. 아니, 아이들을 만나게 되면 내가 먼저 도망쳐버릴 거야."

늑대는 약속을 지킨 것 같아요. 어찌되었든, 델핀과 마리네트와의 사건이 있은 후에 늑대가 아이들을 잡아먹었다는 소리는 들리지 않았거든요.

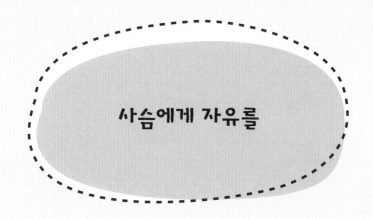

사슴에게 자유를

델핀은 고양이를 쓰다듬고 있었고 마리네트는 무릎에 올려놓은 병아리에게 재미난 노래를 불러주고 있었어요.

"어! 저기 소가 있네!"

병아리가 길가 쪽을 바라보며 말했어요.

마리네트가 고개를 들어 보니, 사슴 한 마리가 들판을 가로질러 농장을 향해 겅중거리며 뛰어오고 있었어요. 잔가지 뿔이 많이 달린 덩치 큰 사슴이었죠. 사슴은 길가에 난 도랑을 건너뛰어 마당으로 들어와서는 마리네트와 델핀 앞에서 멈춰 섰어요. 옆구리를 들썩이고 가녀린 다리를 후들거리던 사슴은 너무나 숨이 차서 처음엔 한마디도 할 수가 없었어요. 그는 델핀과 마리네트를 눈물 어린 젖은 눈으로 애원하듯 바라보더니, 마침내 무릎을 굽히고는 사정하듯 말했어요.

"나 좀 숨겨다오. 사냥개들이 쫓아오고 있어. 날 잡아먹으려고 해. 날 좀 보호해주렴."

아이들은 사슴 이마에 자신들의 이마를 갖다 대면서 사슴의 목을 꼭 끌어안아주었어요. 그러자 옆에 있던 고양이가 꼬리로 아이들의 종아리를 후려치며 나무랐어요.

"지금이 서로 부둥켜안고 있을 때야! 사냥개들이 곧 뒤쫓아 오면 일이 더욱 심각해질 거야! 벌써 숲속에서 개 짖는 소리가 들리잖아, 빨리 현관문을 열고 사슴을 너희 방으로 데려가!"

고양이는 말하면서 연방 꼬리로 아이들의 종아리를 있는 힘껏 내려쳤어요. 그제야 아이들은 시간을 너무 낭비했음을 알아차렸어요. 델핀은 뛰어가 현관문을 열었고 마리네트는 사슴을 앞세워 언니와 함께 쓰는 방으로 서둘러 들어갔어요.

"자, 좀 쉬도록 해. 그리고…… 아무것도 두려워할 것 없어. 바닥에 담요를 깔아줄까?"

"아, 아니야. 그럴 필요 없어. 너희는 정말 친절하구나."

사슴이 말했어요.

"목이 마르겠다. 물을 좀 떠다 줄게. 아주 시원하단다. 방금 전에 우물에서 퍼 온 거야. 어, 그런데 고양이가 날 부르는 소리가 들리네. 가봐야겠어. 이따가 보자."

마리네트는 마당으로 나와 현관문을 굳게 닫아버렸어요. 고양이가 두 아이에게 말했어요.

"아무 일도 없었던 듯 행동해야 돼. 방금 전처럼 앉아서 병아리를 돌보면서 나를 쓰다듬어줘."

마리네트는 다시 무릎에 병아리를 올려놓았지만 병아리는 가만히 있지 않고, 날개를 파닥여 폴짝폴짝 날아오르면서 조잘거렸어요.

"삐약, 삐약, 도대체 무슨 일이야? 영문을 모르겠네. 소를 왜 집 안으로 들여놓은 거야?"

"그건 소가 아니라 사슴이야."

"사슴이라구? 아, 사슴이야? 오호, 사슴이라……"

마리네트가 「낭트 다리 위에서」라는 동요를 불러주었어요. "낭트 다리 위에서 무도회가 열렸네. 낭트 다리 위에서 무도회가 열렸네. 아름다운 헬렌이 가고 싶어 하네. 아름다운 헬렌이 가고 싶어 하네. 엄마는 내가 거기에 가게 허락해

주실까……" 하고 노래를 부르며 품에 안고 흔들어주자 병아리는 어느새 앞치마에 싸여 잠들어버렸어요. 고양이도 델핀이 쓰다듬어주니 등을 동그랗게 말고는 가르랑거렸어요. 사슴이 왔던 길로 커다란 귀의 사냥개가 달려오는 것이 보였어요. 여전히 빠른 속도로 달려오던 사냥개는 큰길을 가로질러 마당 한가운데로 와서는 땅에 코를 박고 킁킁거리기 위해 속도를 늦추었어요. 사냥개가 땅에 대고 냄새를 맡으며 두 아이 앞으로 다가오더니 불쑥 물었어요.

"사슴이 여기로 왔군. 어디로 갔지?"

"사슴? 무슨 사슴이요?"

아이들이 물었습니다.

사냥개는 아이들을 한 명씩 쳐다보았어요. 아이들의 얼굴이 빨개지는 것을 보고는 다시 땅에 코를 박고 킁킁거렸어요. 사냥개는 조금도 주저하지 않고 현관문을 향해 똑바로 걸어갔어요. 조심성 없이 가다가 사냥개는 마리네트를 밀치고 말았죠. 그 바람에 잠자고 있던 병아리가 앞치마 위에서 비틀거렸어요. 병아리는 한쪽 눈을 뜨고 날개를 파닥거리다가 무슨 일이 있었는지 전혀 알지 못한 채 이내 가슴털 속에 얼굴을 묻고 다시 잠들었어요. 그사이, 사냥개는 코를 킁킁거리며 현관문 앞까지 다다랐어요. 사냥개가 아이들 쪽을 돌아보며 말했어요.

"여기서 사슴 냄새가 나."

아이들은 못 들은 척했어요. 그러자 사냥개는 소리를 지르기 시작했어요.

"여기서 사슴 냄새가 난다고 내가 말하잖아!"

깜짝 놀라 잠에서 깨어난 척하며 고양이가 발딱 일어나 놀란 듯 사냥개를 보고 말했어요.

"여기서 뭐 하시는 거예요? 남의 집 문 앞에서 코를 킁킁거리다니! 당장 여기서 꺼져주시죠!"

아이들은 일어나서 고개도 들지 못한 채 사냥개 곁으로 다가갔어요. 병아리는 마리네트가 두 손으로 보듬어 안고 있었지만 이리저리 흔들리다 보니 잠에서 완전히 깨고 말았죠. 마리네트의 손바닥 바깥으로 목을 이리저리 길게 빼 보았지만 병아리는 자기가 어디에 있는지 전혀 알아채지 못했어요. 사냥개는 아이들을 무서운 눈으로 노려보았고 고양이를 가리키면서 말했어요.

"저 고양이가 내게 쓰는 말투 너희도 잘 들었지? 저 놈의 허리를 당장에라도 부러뜨리고 싶지만 너희를 봐서 이번엔 참겠어. 그 대신 다시 한번 물을 테니 사실대로 말해. 자, 털어놓으시지. 방금 전에 사슴 한 마리가 마당에 들어오는 걸 보았지? 불쌍해서 집 안으로 들여놓았고."

마리네트가 조금 주저하는 목소리로 말했어요.

"정말이에요. 집 안에 사슴은 없어요……"

마리네트의 말이 끝나기도 전에 병아리는 발돋움을 해서 마치 발코니에 기대듯 오므린 손바닥에 기댄 채 목이 터져라 외쳤어요.

"무슨 소리야, 사슴이 있지! 있다니까! 얘들은 기억하지 못하나 본데 난 분명히 기억해. 델핀이 사슴을 집 안에 들여보냈어. 맞아, 맞다구. 사슴 말이야. 뿔이 여러 개 달리고 덩치가 커다랬어. 아이고…… 내가 기억력이 좋아 다행이지 뭐야!"

그러고는 자기 가슴의 솜털을 부풀려 세우더니 으스대며 뽐냈어요. 고양이는 '저걸 잡아먹어버릴걸……' 하고 후회했죠. 사냥개가 두 아이에게 말했어요.

"그럴 줄 알았어. 내 코는 절대 못 속이지. 사슴이 집 안에 있다고 말하는 건, 직접 본 거나 진배없기 때문이야. 자, 합리적으로 생각해. 어서 사슴을 내놔! 그 짐승은 너희 게 아니란 걸 알아야지. 우리 주인님이 이 사실을 알게 되면, 분명 너희 엄마 아빠를 만나러 오실 거야. 그러니 고집부리지 말라고!"

아이들은 꼼짝하지 않았어요. 제자리에 서서 입술을 삐죽거리고 코를 실룩이며 훌쩍이더니 급기야 눈물을 글썽이며 큰 소리로 엉엉 울기 시작했죠. 사냥개는 몹시 난처한 듯했어요. 아이들의 우는 모습에 고개를 숙인 채 무언가를 생각하듯 자기 발을 물끄러미 쳐다보았어요. 마침내 사냥개가 주둥이로 델핀의 종아리를 건드리고 나서는 한숨을 쉬며 말했어요.

"좀 별나긴 한데…… 난 애들이 우는 것에 약해. 잘 들어봐. 나도 못되게 굴고 싶진 않아. 어쨌거나 사슴이 내게 잘못한 것도 없고. 하지만 사냥개는 그냥 사냥개일 뿐이야. 난 내 일을 해야 하는 거지. 그래도 이번에는…… 좋아. 아무것도 못 본 것으로 하겠어."

델핀과 마리네트는 벌써 환하게 웃으며 사냥개에게 고마움을 표시하려 했으나, 순간 사냥개는 몸을 살짝 피하더니 숲속에서 들려오는 듯한 개 짖는 소리에 귀를 쫑긋 세우고 고개를 끄덕이며 말했어요.

"기뻐할 때가 아니야. 방금 전에 너희가 흘린 눈물이 아무 소용없어질까 걱정된다. 또 한바탕 울음을 쏟아내야 할 것 같아. 내 동료들이 짖어대는 소리가 들려. 분명 사슴의 냄새를 맡고 곧 이리로 오게 될 거야. 그 친구들에겐 뭐라고 할래? 동정심을 살 생각은 꿈도 꾸지 마. 미리 말해두는데, 내 동료들은 오로지 사냥개 노릇만 할 줄 알아. 너희가 사슴을 내놓지 않는 한, 아마 집을 떠나지 않을 거야."

"당연히 사슴을 내보내야지!"

병아리가 손바닥 위에서 쫑쫑대며 소리쳤어요.

"시끄러워!"

또다시 눈물을 글썽이며 마리네트가 말했죠.

아이들이 우는 동안, 고양이는 꼬리를 좌우로 천천히 흔들면서 깊은 생각에 잠겼어요. 모두 초조하게 그를 바라보았어요.

"자, 뚝 그쳐. 이제 곧 사냥개 떼가 몰려올 거야. 델핀, 너는 우물가로 가서 시원한 물을 한 통 떠다가 마당 입구에 놓아두렴. 마리네트는 사냥개와 꽃밭으로 가고. 나도 곧 그리로 갈게. 그런데 우선 병아리부터 좀 치워. 이 바구니로 덮어버려. 자, 여기."

고양이가 명령을 내렸어요.

마리네트가 병아리를 바닥에 내려놓고, 그 위로 바구니를 엎어놓아서 병아리는 꿈쩍할 새도 없이 갇히고 말았어요. 델핀은 물 한 동이를 퍼 올려 마당 입구에 가져다 놓았어요. 나머지 친구들이 꽃밭으로 간 사이, 사냥개 떼가 짖어대며 나타났어요. 곧 사냥개들이 몇 마리인지 셀 수 있을 정도로 가까워졌죠. 같은 키, 같은 색깔에 귀는 커다랗고 처진 사냥개가 모두 여덟 마리였어요. 델핀은 혼자서 이들을 맞닥뜨려야 할까 봐 더럭 겁이 났어요. 마침 고양이가 꽃밭에서 나왔고, 장미와 재스민 그리고 라일락과 카네이션을 한 아름으로 엄청나게 많이 든 마리네트가 뒤따라 나왔어요.

드디어 올 것이 왔어요. 사냥개들이 집 앞에 도착했죠. 고양이가 그들을 맞이하러 다가가 상냥하게 말했어요.

"사슴 때문에 오셨죠? 여기로 지나갔어요. 15분 전쯤에."

"왔다가 다시 떠났다는 거야?"

사냥개 한 마리가 의심스러운 듯 물었어요.

"그래요. 마당으로 들어왔다가 바로 다시 나갔어요. 벌써 사슴을 쫓아서 사냥개 한 마리가 왔었어요, 여러분과 비슷하게 생긴 사냥개였는데 이름이 '왕발'이었어요."

"아 그래…… 왕발이가…… 왔었구나."

"사슴이 지나간 길을 정확하게 알려줄 수 있어요."

"괜찮아, 됐어. 우리도 바로 흔적을 찾아낼 수 있어."

이때 마리네트가 사냥개들에게 가까이 다가가 물었어요.

"여러분 중에 누가 '뭉치' 님인가요? 왕발 님이 뭉치 님에게 부탁한 게 있거든요. 제게 이렇게 말했어요. '뭉치는 바로 알아볼 수 있을 거야. 우리 중에서 가장 멋지거든……'이라고요."

뭉치는 앞발을 살짝 구부리고 꼬리를 살랑살랑 흔들었어요.

"세상에. 실은 뭉치 님을 알아보는 게 그리 쉽지는 않았어요. 친구들이 모두 다 너무 멋지시니까요! 정말로 이렇게 잘생긴 사냥개들은 본 적이 없어요……"

"모두 다 너무 잘생겼어요. 정말 대단한걸요!"

델핀도 덧붙였어요.

사냥개 무리는 기분이 좋아져서 서로 콧소리를 내면서 꼬리를 흔들어댔어요.

"왕발 님이 여러분께 마실 물을 드리라고 제게 말했어요. 오늘 아침에 여러분이 좀 흥분한 것 같다면서, 오랫동안 달린 후에는 목을 축여야 할 거라 했어요. 자, 여기 우물에서 퍼 올린 시원한 물이 있어요. 동료 분들도 드시고 싶다면 얼마든지……"

"사양할 이유가 없지."

사냥개들이 대답했어요. 이들은 물통 주변으로 우르르 모여들었고 물을 마시느라 조금 아수라장이 되었어요. 그러는 동안, 아이들은 잘생겼다는 둥, 우아하다는 둥, 사냥개들에게 칭찬을 늘어놓았어요. 마리네트가 말했어요.

"다들 너무 잘생겨서 꽃을 선물해드리고 싶어요. 이걸 받을 만한 사냥개라면 여러분밖에 없을 거예요."

사냥개들이 물을 마시는 동안, 두 아이는 꽃밭에서 한 아름 따 온 꽃으로 꽃목걸이를 만들어 서둘러 사냥개 각자에게 걸어주었어요. 잠시 후, 사냥개들 목에는 장미와 카네이션 그리고 라일락과 재스민을 번갈아가며 엮은 꽃목걸이가 걸려 있었어요. 사냥개들은 서로 바라보고 감탄하며 즐거워했어요.

"뭉치 님, 재스민 꽃 한 송이 더…… 재스민이 아주 잘 어울려요. 그런데 혹시 아직도 목이 마르신가요?"

"아니, 괜찮아. 너희는 정말 상냥하구나. 하지만 이제 우리는 사슴을 잡으러 가야 해."

그러나 사냥개들은 서둘러 떠날 기색이 없었어요. 어디로 가야 할지 방향을 잡지 못한 채 걱정스러운 표정을 지으며 뱅글뱅글 돌기만 했죠. 뭉치는 주둥이를 땅바닥에 대고 쿵쿵거리며 이리저리 살펴보았으나 사슴의 자취는 찾을 수 없었어요. 카네이션과 재스민, 장미와 라일락 향기가 콧속에 가득 차 사슴의 냄새를 가려버린 거예요. 꽃향기 가득한 목걸이를 목에 건 동료 사냥개들도 역시 쿵쿵거려보았지만 아무 소용이 없었어요. 뭉치는 하는 수 없이 고양이에게 물었어요.

"사슴이 어느 쪽으로 갔는지 말해줄 수 있겠니?"

"물론이죠. 저쪽으로 갔어요. 들판으로 뾰족하게 나온 저 숲으로 들어가버렸어요."

뭉치는 아이들에게 작별 인사를 한 다음, 꽃목걸이를 한 사냥개 무리를 이끌고 전속력으로 뛰어 멀어져갔어요. 사냥개들이 숲속으로 사라져버리자, 왕발은 숨어 있던 꽃밭에서 나와 사슴을 데려오게 했어요. 왕발이 말했어요.

"나도 이미 공범이 되었으니 사슴에게 한 가지 더 알려주고 싶구나."

마리네트가 집에서 사슴을 데리고 나왔어요. 사슴은 방금 자기가 모면한 위험의 심각성을 알아차리고는 무서워서 온몸을 부들부들 떨고 있었어요. 사슴이 주변을 보며 고마워하자 왕발이 말했어요.

"자, 오늘은 이렇게 목숨을 건졌지만 내일은 어떨 것 같아? 겁주려는 게 아냐. 사냥꾼과 총 그리고 사냥개들을 생각해봐. 우리 주인님이 자기 손을 빠져나간 너를 용서할 것 같니? 조만간 사냥개들을 풀어 널 뒤쫓게 할 거야. 나도 널 잡아야 할지 몰라. 물론 그렇게 되면 난 너무 속상할 거야. 사슴아! 네가 영리하다면, 숲속에서 뛰노는 건 포기하는 게 나아."

"숲을 떠나라구?" 사슴이 소리쳤어요. "그건 내게 너무 힘든 일이야. 그리고 도대체 어디로 가란 말이야? 사람들 눈에 띄는 들판에 나와 있을 수는 없잖아!"

"왜 안 돼? 한번 생각해봐. 어쨌든 지금으로선 들판이 숲속보다 더 안전해. 내 말을 믿는다면 밤이 될 때까진 이 근처에 숨어 있어. 저쪽 강가에 숨어 있기 좋은 덤불이 있어. 자, 그럼 나는 그만 가볼게. 우리 쪽 숲속에서 다시는 널 만나지 않길 바란다. 안녕, 얘들아. 안녕, 고양아. 사슴을 잘 보살펴주렴."

왕발이 떠나고 얼마 지나지 않아 이번에는 사슴이 작별 인사를 고하고 강가 덤불 쪽을 향해 길을 떠났어요. 사슴은 여러 번 뒤돌아보며, 손수건을 흔들어대는 아이들에게 인사를 했어요. 사슴이 안전한 곳으로 몸을 피하자 마리네트는 문득 바구니 안에 가둬둔 채 잊고 있던 병아리가 생각났어요. 병아리는 밤인 줄 알고 여전히 잠들어 있었어요.

소 한 마리를 사려고 아침부터 장에 갔다 돌아온 엄마 아빠는 기분이 나빠 보였어요. 값이 터무니없이 비싼 소를 사지 못한 거예요.

"이걸 어쩌면 좋아. 오늘 하루 공쳤구나. 우린 이제 누굴 데리고 일을 한담?……"

"외양간에 소 한 마리가 있잖아요!"

아이들이 소리쳤어요.

"외양간에 있는 소 말이니? 한 마리로는 턱도 없어! 그냥 조용히 입 다물고 있으렴. 게다가 엄마 아빠가 없는 동안 별 희한한 일이 다 벌어졌던 것 같은데. 저 물통이 왜 마당 입구에 있는 거니?"

"방금 전에 제가 송아지한테 물을 줬어요." 델핀이 말했어요. "그러고 제자리에 가져다 놓는 걸 깜빡했나 봐요……"

"흐음…… 땅바닥 여기저기 나뒹구는 재스민 꽃이랑 카네이션은?"

"카네이션이요? 아, 정말 그렇네……"

아이들이 대답했어요. 캐묻는 듯한 엄마 아빠의 눈길에 아이들은 얼굴이 빨갛게 달아올랐어요. 그러자 뭔가 이상한 낌새를 느낀 엄마 아빠는 곧장 꽃밭으로 달려갔어요.

"꽃이 몽땅 다 꺾여 있네! 꽃밭이 거덜 났어. 장미! 재스민, 카네이션과 라일락까지! 애들아, 꽃은 왜 다 꺾어버린 거야?"

"저…… 저희는 잘 몰라요."

델핀이 더듬거리며 말했어요.

"아하! 아무것도 보지 못했다고? 아이고, 정말?"

엄마 아빠가 두 아이의 귀를 잡아당기려 하자 고양이가 사과나무 맨 아래 가지로 뛰어올라서는 엄마 아빠를 빤히 보며 말했어요.

"그렇게 벌컥 화내지 마세요. 아이들이 아무것도 보지 못한 게 그리 놀랄 일도 아니에요. 점심때 아이들이 밥 먹는 동안 저는 창가에 앉아 햇볕을 쬐고 있었어요. 헌데 웬 떠돌이가 큰길에서부터 꽃밭을 유심히 쳐다보더라고요. 별로 신경 쓰지 않고 잠들어버렸는데 잠시 후 눈을 떠보니 아까 그 떠돌이가 팔에 한 아름 무언가를 안고 큰길로 사라지는 게 보였어요."

"이런 게으름뱅이 같으니! 그럼 그놈을 쫓아갔어야지!"

"쫓아간들 저 같은 하찮은 고양이가 뭘 하겠어요? 제가 떠돌이들의 상대가 되겠어요? 전 이렇게 작은데 말이죠. 이 집에 필요한 건 개예요. 아, 개 한 마리만 있으면!"

"아무 하는 일 없이 놀고먹는 짐승을 한 마리 더 키우란 말이냐?" 엄마는 당장 욕이라도 퍼부으며 달려들 기세였죠. "이미 너 하나로 족해!"

"좋으실 대로 하셔요. 오늘은 꽃밭의 꽃을 꺾어 갔지만 내일은 암탉을, 그다음에는 송아지를 훔쳐 가겠죠."

고양이가 다시 말했어요.

엄마 아빠는 아무 대답도 하지 않았지만 고양이의 이 마지막 말은 다시 한번 생각할 여지를 남겼어요. 개를 한 마리 키운다는 생각은 아주 그럴듯하게 여겨져서, 엄마 아빠는 저녁 내내 그 문제에 대해 여러 번 이야기를 나누었어요.

저녁 식사 시간이 되어 아이들과 함께 식탁에 앉은 엄마 아빠가 소를 적당한 가격에 사기 어렵다고 다시 한번 불평을 늘어놓자, 고양이는 곧바로 풀밭을 건너 강가로 달려갔어요. 날은 저물었고 귀뚜라미가 또르르 울기 시작했어요. 고양이는 덤불 사이에 엎드려 풀과 나뭇잎을 뜯고 있는 사슴을 발견했어요. 둘은 오랫동안 이야기를 나누었어요. 고양이의 제안을 한참 동안 거절하며 버티던 사슴은 마침내 고양이의 말에 설득당했어요.

다음 날 아침 일찍 사슴은 농장 마당으로 들어와 엄마 아빠를 만났어요.

"안녕하세요. 저는 사슴이에요. 일자리를 찾고 있어요. 혹시 제가 할 만한 일이 없을까요?"

"우선 네가 할 줄 아는 일이 무엇인지부터 알아야지."

엄마 아빠가 대답했어요.

"저는 걷고 종종걸음 치고 달릴 줄 알아요. 비록 다리는 가늘지만 힘은 세지요. 무거운 짐도 나를 수 있고 혼자서, 아님 여럿이 함께 짐수레도 끌 줄 알아요. 만약 급히 어딘가에 가셔야 할 때는 제 등에 올라타세요. 제가 말보다 더 빨리 모셔다드릴 수 있어요."

"흐음, 뭐 그리 나쁘지 않군. 그런데 네 요구 사항은 뭐지?"

"잠자리와 먹을 거요, 물론 일요일에는 쉬고요."

엄마 아빠는 기가 막힌 듯 하늘을 향해 두 손바닥을 편 채 어깨를 으쓱하고는, 쉬는 날이란 말은 듣고 싶지 않다고 했어요.

"절 쓰시든 말든 그건 두 분이 결정하세요. 저는 아주 소식을 하는 편이라 밥값이 별로 들지 않는다는 건 알아두셔요."

이 마지막 말에 마음을 굳힌 엄마 아빠는 사슴을 시험 삼아 한 달간 채용하기로 했어요. 그러는 동안 델핀과 마리네트는 집에서 나와 사슴을 보고 놀라는 척했죠. 엄마 아빠가 말했어요.

"소의 친구를 구했다. 잘 대해주도록 해."

"예쁜 따님이 둘이나 있으시네요. 틀림없이 아이들과는 사이좋게 지낼 수 있을 것 같아요."

사슴이 말했어요.

마침 밭을 갈러 가려던 엄마 아빠는 소를 외양간 밖으로 끌어냈어요. 머리에 나뭇가지를 달고 있는 이상한 모습의 사슴을 본 소는 처음에는 조심스럽게 큭큭거리다가 나중에는 목청이 터져라 껄껄거리며 웃더니 결국 바닥에 주저앉아버렸어요.

"아, 정말 희한하네. 저 머리에 얹힌 나무 말이야! 아이고 웃겨라! 게다가 저 가는 다리며 짧은 꼬리 좀 보게나! 나 좀 실컷 웃을게. 제발. 푸하하!"

"됐어. 그만해. 일어나 이제. 일할 시간이야."

엄마 아빠가 말했어요.

소는 일어났지만 사슴과 함께 짐수레에 묶여야 한다는 것을 알게 되자 더 큰 소리로 웃기 시작했어요. 한참을 웃고 나서 소는 새 친구에게 사과했어요.

"날 바보 같다고 생각하겠지만 솔직히 네 뿔은 너무 재미 나게 생겼어. 익숙해지려면 시간이 좀 필요할 듯싶어. 어쨌 든 착해 보이긴 하네."

"웃고 싶으면 웃어. 그런 걸로 화를 내진 않을 테니까. 네 뿔도 재미있게 생겼는걸! 하지만 난 금방 적응할 거야."

실제로 둘이 반나절을 함께 일하고 나자, 서로의 뿔 모양 을 보고 놀랐던 일은 더 이상 생각도 나지 않았어요. 처음 일을 시작하면서 짐수레를 끄는 동안 소는 될 수 있는 한 사 슴이 힘들지 않게 도와주었지만, 사슴은 몹시 괴로웠어요. 사슴에게 가장 힘든 것은 소와 걷는 속도를 맞추는 것이었어요. 사슴은 너무 급히 서두르거나 갑자기 힘을 주는가 하면, 그 직후에는 숨을 헐떡이다 진흙더미에 걸려 비틀거리기 일쑤였어요. 그러다 보니 밭갈이하는 속도는 처지고 쟁기는 비뚤어지곤 했죠. 첫 이랑이 하도 삐뚤삐뚤해져서 엄마 아빠는 처음에 밭갈이를 포기하려고까지 했어요. 그래도 소의 충고와 배려 덕에 그다음부터는 일이 한층 수월해졌고 사슴은 곧 훌륭한 밭갈이 일꾼이 될 수 있었지요.

그렇다고는 해도 일하면서 기쁨을 느낄 만큼 사슴이 일에 관심이 있는 것은 결코 아니었어요. 만약 소와의 깊은 우정이 없었더라면 사슴은 끝내 포기하고 말았을 거예요. 사슴은 어서 빨리 하루해가 져서 엄마 아빠의 손아귀에서 벗어나기를 기다렸어요. 집으로 돌아온 후에는 마당과 풀밭을 뛰어다니며 피로를 풀고 아이들과도 즐겁게 장난을 쳤답니다. 아이들이 자신의 뒤를 쫓아올 때는 일부러 잡혀주기도 했고요. 엄마 아빠는 이런 장난을 눈꼴사납다는 듯 바라보았어요.

"도대체 왜 저 모양이지?" 엄마 아빠가 투덜거렸어요. "하루 종일 일을 했으면 다음 날 개운하게 일할 수 있게 쉬어야 할 텐데. 쉬기는커녕 오히려 뛰어다니면서 피곤하게 굴고 있어. 저 애들도 마찬가지야. 하루 종일 놀았으면 됐지, 숨을 헐떡이며 네 뒤를 쫓아다니는 꼴하며!……"

"뭐가 불만이세요?" 사슴이 말대꾸를 했어요. "제 일만 똑바로 해드리면 충분하지 않나요? 아이들한테 달리는 법이랑 높이 뛰는 법을 가르치고 있어요. 제가 여기 온 이후로 아이들은 전보다 훨씬 빨리 달리게 됐어요. 그게 아무것도 아니라고 생각하세요? 아니, 세상살이에 빨리 달리기보다 더 도움이 되는 게 뭐가 있나요?"

그러나 이 모든 이유마저 못마땅하게 여긴 엄마 아빠는 여전히 투덜대기만 했어요. 사슴은 두 사람을 별로 좋아하지 않았어요. 행여 아이들의 마음을 다치게 할까 걱정하지 않았다면, 벌써 여러 차례 자기 감정을 내보이고 말았을 터였죠. 집 안에서 사귄 다른 동물들도 참을성을 가지는 데 도움을 주었어요. 그중에서도 파란색과 초록색을 띤 오리하고는 무척 친한 사이가 되었는데, 이따금씩 세상을 좀더 높은 곳에서 보라고 자기 뿔 위에 올려주기도 했어요. 그리고 숲속 친구 멧돼지를 떠올리게 하는 돼지도 무척 좋아했답니다.

저녁이면 외양간에서 소와 오랜 시간 이야기를 나누었어

요. 둘은 각자 자신이 살아온 이야기를 들려주었어요. 소의 삶은 무척 단조로운 편이라 사슴의 출현이 가장 큰 사건이라 할 수 있었죠. 소 자신도 그것을 인정해서, 자기 얘기를 하기보다는 사슴의 이야기를 듣는 걸 더 좋아했어요. 사슴은 숲과 수풀 속 빈터, 연못에 대해, 달을 좇아 지새운 밤과 이슬 가득한 새벽녘 그리고 숲속에 사는 다른 동물들에 대해 들려주었어요.

"주인님도, 해야 할 일도, 정해진 시간도 없어. 그 대신 맘대로 달리고, 토끼랑 뛰놀기도 하고, 뻐꾸기나 지나가는 멧돼지와 이야기도 하고……"

"그야 그럴 테지, 하지만 외양간도 못 있을 곳은 아니야. 숲은 아름다운 계절의 휴가 때 가보면 좋을 것 같아. 겨울이나 혹은 큰비가 내릴 때의 숲이 그리 쾌적하지만은 않을 거야. 대신 여기서는 편안하게 지낼 수 있지. 잘 마른 보드라운 발굽에, 잠자리는 상큼한 마른풀로 채워져 있고 여물통 속에는 늘 건초가 가득하니 말이야. 어찌되었건 이것도 별것 아니라곤 할 순 없어……"

대답은 그렇게 했지만 소는 자기로선 결코 알 수 없을지도 모를 숲속 생활을 동경하게 되었어요. 대낮에 밀밭 한복판에서 일할 때면 숲 쪽을 바라보며 사슴처럼 깊은 한숨을 내쉬기도 했죠. 이따금씩은 밤에 숲속 빈터 한복판에서 토끼와 놀거나, 다람쥐를 따라 나무를 기어오르는 꿈을 꾸는 일도 있었답니다.

일요일이면 사슴은 아침부터 외양간을 나가 하루 종일 숲속에서 보냈어요. 저녁이면 눈을 빛내며 돌아와 그날 알게 된 동물이며, 다시 만난 친구들이며, 달리기와 놀이에 대해 오랫동안 이야기를 늘어놓았어요. 하지만 다음 날이면 슬픈 얼굴을 하고, 농장에서 지내는 이 따분한 생활을 불평할 때 외엔 입을 열지 않았어요. 사슴은 몇 번씩이나 소도 데려가려고 허락을 구했으나, 엄마 아빠는 아예 화를 내다시피 소리를 질렀어요.

"소를 데려가? 숲속을 어슬렁거리게 하려고? 소는 가만히 내버려 둬!"

친구가 떠나는 것을 부러운 눈으로 바라볼 뿐이었던 불쌍한 소는 숲과 연못을 꿈꾸며 서글픈 일요일을 보냈어요. 그리고 벌써 다섯 살이나 먹은 자신을 철없는 송아지처럼 꽉 붙들어두는 엄마 아빠를 야속하게 생각했죠. 사슴을 따라가도 좋다는 허락은 델핀과 마리네트 역시 절대 받아낼 수 없었지만 어느 일요일 오후, 은방울꽃을 따러 간다는 핑계를 대고는 미리 정해둔 숲속의 약속 장소에서 사슴과 만났어요. 사슴은 두 아이를 등에 태우고 숲속을 돌아다녔어요. 델핀은 사슴의 뿔에 단단히 매달렸고 마리네트는 언니의 허리를 꽉 붙들었어요. 사슴은 나무의 이름을 가르쳐주기도 하고, 새 둥지와 토끼 굴 그리고 여우 굴도 보여주었어요. 가끔씩 까치나 뻐꾸기가 뿔에 내려앉아 한 주 동안의 소식을 전해주었어요. 연못가에 이르자 사슴은 수면 위로 얼굴을 빼꼼 내민, 쉰 살도 더 먹은 잉어 할머니와 이야기를 나누기 위해 잠시 멈추었어요. 두 아이를 소개하자 잉어는 상냥하게 대답했지요.

"아니, 누군지 소개할 필요 없어. 얘들 엄마가 어렸을 때를 잘 알지. 한 20~30년 전 말이야. 얘들을 보니 그때 그 아이를 보는 듯하군. 아무렴 어때. 델핀과 마리네트란 이름을 듣게 되어 반가워. 아주 예쁘고 착해 보이는구나. 이따금 날보러 오렴, 얘들아."

"아 네, 그럼요, 잉어 할머니."

두 아이가 약속했어요.

연못가를 떠난 사슴은 델핀과 마리네트를 숲속 빈터로

데려가 땅으로 내려주었어요. 그러고는 이끼로 뒤덮인 비탈 아래 부근에서 주먹보다 좀더 클까 말까 한 굴을 찾아내어 주둥이를 갖다 대고 세 차례에 걸쳐 가볍게 울었어요. 사슴은 몇 걸음 뒤로 물러났고, 그 순간 아이들은 굴 밖으로 쏙 내민 토끼 머리를 보았어요.

"무서워할 것 없어." 사슴이 말했어요. "여기 보이는 아이들은 내 친구들이란다."

안심한 토끼가 굴 밖으로 나오자 다른 두 토끼도 따라 나왔어요. 토끼들은 처음엔 델핀과 마리네트가 조금 낯설고 어색했지만 어느 정도 시간이 지나자 자기들을 쓰다듬게 해주었어요. 이윽고 아이들과 함께 장난을 치게 된 토끼들이 질문하기 시작했어요. 아이들의 굴은 어디 있는지, 어떤 종류의 풀을 좋아하는지, 옷을 입고 태어난 건지 아니면 나중에 옷이 털처럼 돋아난 것인지를 알고 싶어 했어요. 대체로 대답하기 곤란한 질문이었죠. 델핀은 옷이 몸에 붙어 있지 않다는 것을 보여주기 위해 앞치마를 벗어 보이는가 하면, 마리네트는 한쪽 신발을 벗어 보였어요. 무척 아프겠다고 생각한 토끼들은 아이들을 차마 볼 수 없어서 눈을 가렸어요. 마침내 옷이 뭔지를 알게 되었을 때, 한 토끼가 말했

어요.

"우아, 재미있다. 하지만 좋은지는 모르겠어. 옷은 잃어버리거나 아니면 입는 걸 잊어버릴 것 같아. 왜 우리처럼 털이 없는 거야? 이게 훨씬 더 편한데."

두 아이가 한창 놀이를 가르쳐주고 있는데, 토끼 세 마리가 일제히 굴의 입구 쪽으로 후다닥 달아나며 소리쳤어요.

"사냥개다! 도망가! 저기 사냥개야!"

아닌 게 아니라 사냥개 한 마리가 비탈을 따라 숲속 빈터로 내려오고 있었어요.

"사냥개다! 도망가! 사냥개라니까!"

그러자 개가 말했어요.

"겁내지 마. 나 왕발이야. 근처를 지나는데 아는 웃음소리가 들려서, 인사나 하러 왔단다."

사슴과 아이들이 개에게 다가갔어요. 하지만 무슨 말을 해도 토끼들은 굴 밖으로 나오려 하지 않았죠. 왕발은 사슴에게 지난번 사냥개들에게 쫓긴 이후 어떻게 지내는지 물었고 델핀과 마리네트의 집에서 일한다는 소식을 듣고는 무척 기뻐했어요.

"그보다 더 현명한 방법은 없었을 거야. 영원히 그곳에 있겠다고 다짐할 만큼 네가 현명하면 좋겠어."

"영원히 있으라구!" 사슴이 펄쩍 뛰며 말했어요. "그건 불가능해! 저 뙤약볕 아래서 하는 일이 얼마나 고되고, 들판은 또 얼마나 따분한지 네가 알기나 해? 숲은 이렇게나 시원하고 포근한데 말이야!"

"숲은 절대 안전하지 않아. 우린 거의 매일 사냥을 하고 있거든."

왕발이 말했어요.

"넌 겁주려고 하지만 난 걱정할 게 아무것도 없다는 걸 잘 알아."

"그래, 너한테 겁주려는 거야. 이 불쌍한 사슴아. 어제만 해도 우린 멧돼지를 잡았어. 아마 너도 잘 알 텐데…… 송곳니가 부러진 늙은 멧돼지 말이야."

"세상에! 나의 가장 친한 친구인데!"

사슴이 비명을 지르며 눈물을 쏟기 시작했어요. 두 아이가 나무라듯 왕발을 쳐다보았고, 마리네트는 이렇게 물었어요.

"설마 왕발 님, 당신이 죽인 건 아니겠죠?"

"아니야. 하지만 멧돼지를 궁지에 몰아넣은 녀석들과는

함께 있었지. 어쩔 수 없었어. 아아, 무슨 직업이 이 모양이람! 너희를 알게 된 이후로 이 일이 얼마나 괴로운지 말로 표현할 수가 없어. 할 수만 있다면 나도 숲을 떠나 농장에서 일하고 싶어……"

델핀이 말했어요.

"마침 우리 엄마 아빠한테 개가 필요해요. 우리 집으로 가요."

"그럴 수는 없어." 왕발이 한숨지었어요. "직업이 있을 땐 거기에 충실해야지. 일단은 그게 먼저야. 또 한편으론 지금까지 줄곧 함께 살아온 동료들도 버리고 싶지 않고. 하는 수 없지, 뭐. 하지만 이제 친구인 우리 사슴이 농장에 그대로 있겠다고 하면 조금은 덜 괴로울 거야."

그러고 나서 왕발은 숲을 영원히 포기하라고 아이들과 함께 사슴을 설득했어요. 사슴은 대답을 주저하며 토굴 주위에서 깡충거리는 토끼 세 마리를 바라보았어요. 그중 하나가 멈추더니 같이 놀자고 불렀어요. 그러자 사슴은 아이들을 돌아보며, 자신은 아무것도 약속할 수 없다는 표정을 지었어요.

다음 날 사슴은 소와 함께 묶여 마당에 선 채로 숲속의 가족과 나무들 생각에 젖어 있었어요. 딴생각에 정신이 팔린 사슴은 앞으로 가라는 소리도 듣지 못하고 제자리에 그대로 머물러 있었지요. 앞으로 나가려다 친구의 저항을 느낀 소는 움직이지 않고 기다렸어요. 엄마 아빠가 소리를 질렀어요.

"이랴! 움직여! 이런 망할 짐승 같으니!"

그래도 사슴이 여전히 넋을 잃고 멍하니 꼼짝 않고 있자 엄마 아빠는 몽둥이를 들어 힘껏 내리쳤어요. 그러자 사슴이 소스라치게 놀라 화를 내며 소리를 질렀어요.

"당장 풀어줘요! 더 이상 이 집 일은 안 할래요!"

"걸어! 수다는 나중에 떨고!"

하지만 사슴이 달구지 끌기를 거부하자 엄마 아빠는 몽둥이질을 두 번 더 했고, 그래도 말을 듣지 않자 다시 한번 몽둥이찜질을 했어요. 마침내 움직이는 사슴을 보며 엄마 아빠는 기고만장했죠. 감자를 심을 밭에 다다른 엄마 아빠는 감자 씨 포대를 내린 다음, 길가의 풀을 뜯도록 사슴과 소를 풀어주었어요. 몽둥이찜질이 효과가 있었는지 사슴은 온순해 보였어요. 그러다 엄마 아빠가 막 감자를 심기 시작했을 때 소에게 말했어요.

"이번에야말로 떠나겠어. 영영. 날 붙잡을 생각일랑 하지 마. 시간 낭비일 뿐이야."

"좋아." 소가 대답했어요. "그럼 나도 갈래. 네가 숲속 얘기 하도 많이 해서 나도 몹시 가보고 싶어졌어. 떠나자."

엄마 아빠가 등을 돌린 사이 사슴과 소는 흐드러지게 피어난 사과 꽃물결 뒤에 숨은 다음, 거기서부터 숲속으로 곧장 이어지는 움푹 파인 길로 접어들었어요. 신이 난 소는 춤을 추었고 아이들이 가르쳐준 노래를 부르며 경중거렸죠. 새로운 삶은 외양간에서 상상하던 대로 아름다워 보였어요. 그러나 숲속으로 들어서면서부터 소의 환상은 무너지기 시작했어요. 잡목과 덤불을 헤치며 사슴을 따라잡는 일이 쉽지 않았어요. 커다란 덩치가 걸리적거리는 데다 가로로 길게 뻗은 뿔 때문에 수시로 멈춰 서야 했죠. 소는 위험한 순간에 숲속을 헤치며 빨리 달아날 수 없을 거란 걱정이 들었어요. 그사이 늪지대에 들어선 사슴은 발자국도 거의 남기지 않고 사뿐사뿐 걸어나갔어요. 소는 세 발짝도 못 가 무릎까지 빠지고 말았어요. 한참을 허우적댄 후에야 겨우 늪에서 나온 소는 사슴에게 말했어요.

"결국 숲은 나한테 어울리지 않아. 고집부리지 않는 게

좋겠어. 너도 그렇고. 외양간으로 돌아갈래."

사슴은 소를 붙잡지 않았고 숲의 입구까지 함께 와주었
어요. 멀리 농가 마당에 노릇노릇한 점으로 보이는 두 아이
의 모습이 눈에 들어왔어요. 사슴이 아이들을 가리키며 말
했어요.

"아이들의 엄마 아빠가 나를 때리지만 않았어도 저 아이
들을 떠날 엄두를 결코 못 냈을 거야. 너와 저 아이들, 그리
고 그곳의 모든 친구들이 그리울 거야……"

기나긴 이별의 인사 끝에 둘은 헤어지고 소는 감자밭으
로 돌아왔어요.

사슴이 도망간 사실을 알게 된 엄마 아빠는 몽둥이질을
후회했어요. 값이 터무니없이 비싼 다른 소를 사들여야 했
지만 자업자득이었죠.

아이들은 친구 사슴이 영영 떠나버렸다는 사실을 믿고
싶지 않았어요.

"돌아오겠지. 계속 우리를 안 보고 살 순 없을 거야."

하지만 몇 주가 흘러도 사슴은 돌아오지 않았어요. 아이
들이 숲속을 바라보며 한숨지었어요.

"우릴 잊어버렸나 봐. 토끼랑 다람쥐 들이랑 놀면서 우릴

잊어버린 거야."

어느 날 아침 두 아이가 문 앞에서 콩을 까고 있을 때, 사냥개 왕발이 마당으로 들어섰어요. 사냥개는 고개를 떨군 채 아이들 곁으로 다가와 말했어요.

"나쁜 소식이 있어."

"혹시 사슴 얘기예요?"

아이들이 소리쳤어요.

"그래, 사슴이야. 어제 오후 우리 주인님이 죽였어. 난 우리 패거리를 엉뚱한 곳으로 유인하려고 갖은 애를 써봤지만 뭉치가 날 의심했어. 사슴 곁에 도착했을 땐 그나마 숨이 붙어 있어서 날 알아보더군. 이빨로 작은 마거리트 한 송이를 꺾어서는 너희한테 전해주랬어. '꼬마들한테'라고 말하면서. 자, 여기 내 목줄에 꽂혀 있어. 가져가."

아이들은 앞치마에 얼굴을 파묻은 채 엉엉 울었고, 파란색과 초록색을 띤 오리도 따라 울었어요. 한참 만에 사냥개가 다시 말했어요.

"이젠 사냥이란 말은 듣고 싶지도 않아. 끝이야! 너희 부모님이 아직도 개를 필요로 하시는지 물어보려고 왔어."

마리네트가 대답했어요.

"그럼요. 아까도 말씀하셨어요. 아, 잘됐다! 앞으로 우리
랑 쭉 같이 있는 거죠!"

아이들과 오리는 정답게 꼬리를 흔드는 개에게 미소를
보냈어요.

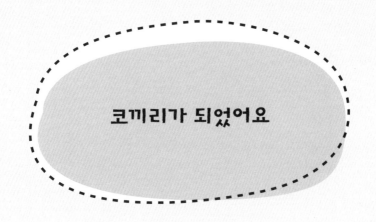

코끼리가 되었어요

엄마 아빠가 나들이옷을 차려입고 집을 나서기 전에 마리네트와 델핀에게 당부했어요.

"비가 너무 많이 와서 알프레드 삼촌한테 데려갈 수가 없구나. 집에서 공부도 하고 쉬고 있으렴."

"이미 다 아는 내용이에요. 어제저녁에 벌써 했거든요."

마리네트가 대답했어요.

"저도요."

델핀도 맞장구를 쳤어요.

"그럼 둘 다 얌전히 놀고 있으렴. 아무도 집에 들여선 안돼."

엄마 아빠가 멀어지자 아이들은 유리창에 코를 바짝 대

고 두 분의 뒷모습을 눈으로 좇으며 한동안 바라보았어요.

비가 어찌나 세차게 쏟아붓는지, 삼촌을 보러 가지 않은 것이 조금도 아쉽지 않았어요. 마리네트와 델핀이 빙고 게임이나 하며 놀자는 얘기를 하고 있는데 칠면조 한 마리가 서둘러 마당 한복판을 가로질러 뛰어가는 것이 보였어요. 칠면조는 헛간 처마 밑으로 몸을 피한 채, 제 몸통을 마구 흔들어 젖은 깃털을 털고 나서는 굵은 목을 앞가슴 털에 대고 비벼댔어요.

"칠면조에게는 정말 나쁜 날씨야." 하늘을 보던 델핀이 말했어요. "하긴 다른 동물들도 마찬가지지. 다행히 이런 비가 절대 오래가지는 않아. 그런데 만약 40일 밤낮으로 비가 오면 어떻게 될까?"

"말도 안 돼. 언니는 왜 비가 40일 밤낮 동안 오길 원하는 거야?"

"그냥 해본 소리야. 빙고 게임 대신 노아의 방주 놀이를 할 수도 있을 것 같아서."

마리네트에게 델핀의 생각은 아주 그럴듯하게 여겨졌어요. 부엌이 아주 멋진 배가 될 수 있다는 생각이 들었죠. 방주 안에 들어갈 동물들을 찾는 일은 그리 어려울 게 없었어요. 외양간과 닭장으로 달려간 델핀과 마리네트는 부엌으로 데려올 소와 젖소, 말과 양, 수탉과 암탉을 쉽게 정해버렸어요. 동물들은 대체로 노아의 방주 놀이를 하는 것에 아주 기뻐했어요. 물론 개중에는 칠면조와 돼지처럼 귀찮게 하지 말라며 항의하고 투덜대는 동물들도 있었지만요. 그러자 마리네트는 그들에게 엄숙하고 위엄 있게 말했어요.

"대홍수가 났어! 40일 밤낮으로 비가 올 거야. 방주 안으로 들어가고 싶지 않다면 할 수 없지. 땅이 물로 뒤덮이고 너희는 물에 빠져 죽을 거야."

투덜대던 동물들은 두 번 말할 필요도 없이 서로 밀쳐대며 부엌으로 들어가려 했어요. 암탉들에게는 겁을 줄 것도 없었어요. 모두 다 놀이에 끼고 싶어 하는 바람에 델핀은 한 마리만 골라내고 나머지는 닭장에 떼어놓아야 했어요.

"너희가 이해해줘! 난 암탉 한 마리밖에 데려갈 수가 없어. 그러지 않으면 방주 놀이를 할 수 없거든."

농장에 있던 동물들은 15분이 채 안 돼서 모두 부엌에 자리를 잡고 앉았어요. 소는 커다란 뿔 때문에 문을 통과할 수 없을까 봐 걱정했지만 고개를 한쪽으로 기울여서 무사히 부엌에 들어올 수 있었어요. 젖소도 마찬가지였죠. 방주 안이 동물로 꽉 들어차서 암탉과 수탉, 암컷 칠면조와 수컷 칠면조 그리고 고양이는 식탁 위에 자리 잡아야 했어요. 동물들 모두 질서 정연했고 아주 이성적으로 행동했어요. 게다가 고양이와 암탉을 제외하고 대다수는 부엌에 들어와보는 게 처음인지라 조금 어색해하고 쑥스러워했어요. 벽시계 옆에 있던 말은 때로는 시계 판을, 때로는 시계추를 보면서 불안한 듯 뾰족한 귀를 움찔거렸어요. 젖소도 호기심에 가득 차 유리 찬장 안에 보이는 모든 것에 관심을 보였어요. 특히 치즈와 우유 단지에서 눈을 떼지 못했고, "흐음······ 이제야 알겠군, 이제야 알겠어······"라고 여러 번 중얼거렸어요.

어느 정도 시간이 지나자 동물들은 겁이 났어요. 이게 그저 놀이라는 것을 아는 동물들조차 이 상황이 정말로 장난인지 의심하기 시작했거든요.

실제로 부엌 창가의 선장석에 앉아 있던 델핀은 밖을 보며 걱정스러운 목소리로 말했어요.

"여전히 비가 오는군······ 물이 차오르고 있어······ 이젠 마당이 보이질 않아······ 바람은 여전히 거세고······ 키를 오른쪽으로!"

조종사인 마리네트가 난로의 손잡이를 오른쪽으로 돌리자 연기가 조금 피어올랐어요.

"여전히 비가 내리고 있어…… 방금 사과나무의 제일 아래 가지까지 물이 닿았어…… 바위를 조심해! 키를 왼쪽으로 돌려!"

마리네트가 난로의 손잡이를 왼쪽으로 꺾자 난로에서는 연기가 아까보다 조금 덜 피어올랐어요.

"여전히 비가 내리고 있어…… 나무 꼭대기는 아직 보이는군. 하지만 물이 계속 불어나고 있으니…… 이젠 끝났어. 더 이상 아무것도 보이지 않아."

그때 갑자기 커다란 울음소리가 났어요. 농장을 떠난 슬픔을 더 이상 참을 수 없던 돼지가 울음을 터뜨린 거예요.

"거기, 조용히 해!" 델핀이 소리쳤어요. "나는 겁쟁이는 원치 않아. 고양이를 본받도록 해. 코를 골며 자고 있는 고양이를 좀 보라구."

사실 고양이는 홍수가 장난이란 걸 알기에, 마치 아무 일도 없다는 듯 몸을 웅크린 채 가르랑거리며 잠을 자고 있었죠.

"이 모든 게 어서 빨리 끝나버렸으면……"

돼지가 우는 소리를 냈어요.

"1년 이상은 걸릴 거야." 마리네트가 말했어요. "하지만 식량을 비축해두었으니 배는 안 곯게 할 거야. 그건 안심해!"

불쌍한 돼지는 완전히 바닥에 널브러져서는 흐느껴 울었어요. 항해가 아이들의 예상보다 훨씬 더 길어져서 결국 언젠가는 식량이 떨어질 거란 생각 때문이었죠. 자신의 살집 많은 몸매 때문에 잡아먹히게 될까 겁도 났어요. 한편, 비에 홀딱 젖은 작고 하얀 암탉 한 마리가 바깥쪽 창가로 기어올라 왔어요. 부리로 유리창을 두드리며 델핀에게 말했어요.

"나도 같이 놀고 싶어."

"하얀 암탉아. 미안하지만 너도 알다시피 그건 불가능해. 배 안엔 이미 암탉 한 마리가 있거든."

"무엇보다, 배 안이 꽉 찼단다."

마리네트가 다가와 주변을 둘러보며 말했어요.

하얀 암탉은 몹시 실망한 듯 보였고 아이들은 마음이 아팠어요. 마리네트는 델핀에게 말했어요.

"그런데 우리 방주에 코끼리가 없어. 하얀 암탉을 코끼리로 만들어보자."

"맞아. 방주에는 코끼리가 있어야 제격인데……"

델핀은 창문을 열고 작은 암탉을 두 손에 감싸 안아 올리며, 암탉에게 코끼리가 되었음을 알렸어요.

"우아, 정말 기뻐!" 하얀 암탉이 외쳤어요. "그런데…… 코끼리는 어떻게 생겼어? 난 코끼리를 한 번도 본 적이 없어."

아이들은 닭에게 코끼리가 어떻게 생겼는지 열심히 설명하려 했지만 쉽지 않았어요. 델핀은 알프레드 삼촌이 선물해주신 총천연색 그림책이 생각났어요. 책은 부모님 방인 옆방에 있었어요. 델핀은 마리네트에게 배를 감독하도록 하고, 하얀 암탉을 옆방으로 데려가 코끼리 그림을 펼쳐보여주면서 설명을 곁들였어요. 암탉은 진심으로 코끼리가 되고 싶은 마음에 온 주의를 기울여 그림을 들여다보았어요.

"잠시 방에 있으렴." 델핀이 암탉에게 말했어요. "나는 배로 돌아가야 해. 다시 데리러 올 때까지 코끼리 그림을 잘 살펴보고 있어."

작고 하얀 암탉이 진심으로 자신의 역할을 다하려다 보니, 암탉으로서 감히 바라서는 안 될 일이 벌어졌어요. 진짜 코끼리가 되어버린 거예요! 너무 갑작스레 일이 벌어지는 바람에 암탉은 자신에게 일어난 변화를 알아차리지 못했어요.

여전히 스스로를 닭으로 알고 있던 암탉은 자신이 천장 가까이에 있는 아주 높은 가지에 올라앉은 것이라 생각했어요. 그러나 결국 기다란 코와 상아로 된 이빨, 거대한 네 다리와 여전히 하얀 닭 깃털이 여기저기 붙어 있는 두껍고 거친 피부가 눈에 들어왔어요. 암탉은 조금 놀라면서도 아주 만족스러웠어요. 무엇보다 암탉을 가장 기쁘게 한 것은 전에는 없던 넓적하고 커다란 귀가 달려 있다는 것이었어요. '돼지가 자기 귀를 몹시도 자랑스러워했는데, 내 귀를 보면 아마도 주눅이 좀 들겠군' 하고 암탉이 생각했어요.

부엌에 있던 아이들은 문 반대편에서 자기 역할을 충실히 준비하고 있는 하얀 암탉을 까맣게 잊고 있었죠. 바람이 잦아들고 배가 잠잠해진 물 위를 순항하고 있음을 알린 후에 아이들은 자신들이 책임져야 할 동물들을 점검하기 시작했어요. 마리네트는 승객들의 요청을 메모하기 위해 수첩을 챙겼고 델핀은 연설을 시작했어요.

"여러분, 오늘이 항해를 시작한 지 45일째 되는 날입니다."

"다행히 생각보다 시간이 빨리 지나갔어요!"

돼지가 안도의 한숨을 내쉬며 말했어요.

"돼지는 조용히 해요!…… 사랑하는 친구 여러분, 보다시
피 여러분은 배에 오른 것을 절대 후회하지 않을 겁니다. 이
제 가장 힘든 고비는 지났습니다. 열 달쯤 후에는 육지에 도
착할 수 있을 거예요. 확신합니다! 지금은 이렇게 확신할
수 있지만, 바로 전까지만 해도 우리는 죽음의 고비를 맞이
했었지요. 우리가 빠져나올 수 있었던 것은 바로 키잡이 덕
택입니다."

동물들은 키잡이 마리네트에게 우정 어린 마음으로 감사
를 표했어요. 마리네트는 기쁨으로 얼굴이 빨개져서는 언
니 델핀을 가리키며 말했어요.

"선장님 덕택이기도 해요…… 선장님의 노고를…… 잊어
서는 안 돼요……"

"물론이지, 선장이 아니었다면 당연히……"

동물들이 마리네트의 말에 동의를 표했어요.

"여러분, 모두 정말 고마워요." 델핀이 말했어요. "여러분
의 믿음이 우리에게 얼마나 용기를 주는지 상상도 못 할 거
예요…… 지금 이 순간에도 여전히 우리에게 필요한 것은
바로 그것입니다. 가장 위험한 고비는 지나갔지만 항해가

끝나려면 아직 멀었어요. 이 자리를 빌려 한마디 덧붙이자면, 뭔가 필요한 것이 있는 분은 얘기하도록 하세요. 고양이부터 시작할까요? 고양이 씨, 부탁할 게 아무것도 없나요?"

"실은, 우유 한 대접만 먹었으면 좋겠어요."

고양이가 대답했어요.

"메모해놓으세요. 고양이, 우유 한 대접."

마리네트가 고양이의 요구 사항을 수첩에 적는 동안, 코끼리가 기다란 코로 문을 살며시 열어젖히고는 배 안을 흘낏 들여다보았어요. 배 안의 상황을 알아차린 코끼리는 이 놀이에 얼른 끼어들고 싶었죠. 델핀과 마리네트는 코끼리에게서 등을 돌린 채 앉아 있었고 그때까지 누구 하나 그쪽을 돌아보지 않았어요. 코끼리는 아이들이 자신을 발견하고 놀라는 모습을 기쁜 마음으로 상상해보았어요. 승객들에 대한 점검을 거의 다 끝낸 델핀과 마리네트는 끊임없이 찬장의 내용물을 살피고 있는 젖소에게 다가갔어요. 그 순간 코끼리는 문을 활짝 열고 자기도 모르게 큰 소리로 외쳤어요.

"나 여기 있어……"

아이들은 자기 눈을 믿을 수가 없었어요. 너무나 놀란 델핀은 잠시 어안이 벙벙해 말문이 막혔고 마리네트는 메모

하던 수첩을 떨어뜨렸어요.

아이들은 이제 노아의 방주가 그저 놀이인지, 실제 대홍수가 난 건 아닌지 의심하기 시작했어요.

"그래, 얘들아, 바로 나야." 코끼리가 말했어요. "나 아주 멋지지 않니? 멋진 코끼리가 되었어."

델핀은 겁이 나서 창가로 달려가고 싶었으나 꾹 참았어요. 자신은 배의 선장이고, 선장은 두려운 모습을 보여서는 안 되기 때문이죠. 델핀은 마리네트에게 안마당이 물에 잠겨 사라졌는지를 보고 오라고 나지막이 지시했어요. 마리네트는 창가로 갔다가 다시 돌아와서는 속삭였어요.

"아무 이상 없어. 모든 것이 제자리야. 마당에 몇 군데 물웅덩이가 생겼을 뿐이야."

그러는 동안 동물들은 생전에 한 번도 본 적이 없는 코끼리가 나타나자 조금 불안해하기 시작했어요. 갑자기 돼지가 괴성을 질러댔고 이 소리를 들은 동물 일행은 공포 분위기에 휩싸여 아수라장이 될 뻔했어요. 델핀이 자세를 똑바로 하고 단호하게 말했어요.

"돼지 씨, 당장 조용히 하지 않으면, 바닷속에 처넣어버리겠어요!…… 좋아요. 그럼 우리와 함께 여행할 코끼리 씨를 소개할게요. 제가 그만 깜빡 잊었네요. 배 안에 코끼리 씨 자리를 마련해주어야 하니, 자리를 조금씩만 좁혀주세요."

선장의 엄한 목소리에 주눅이 든 돼지는 곧 소리 지르는 것을 멈추었어요. 모든 동물이 여행의 새로운 일행에게 가능한 한 넓은 자리를 마련해주기 위해 서로 당겨 앉았어요. 그러나 부엌으로 들어오려던 코끼리는 문이 충분히 높지도 넓지도 않다는 걸 깨달았어요. 적어도 1.5배는 더 커야 지나갈 수 있을 듯했어요. 코끼리가 중얼거렸어요.

"억지로는 못 들어가. 벽을 부술 것 같아서 겁이 나네. 내가 힘이 세거든…… 세도 너무 세서 이거 참……"

"안 돼! 안 돼!" 아이들이 소리쳤어요. "억지로 들어오면 안 돼! 너는 방 안에서 놀이하는 걸로 하자."

아이들은 문이 너무 작다는 것, 그래서 자신들의 걱정거리가 하나 더 생겼다는 것을 미처 생각하지 못했어요. 코끼리가 방에서 나갈 수 있다면, 이 커다란 짐승이 집 주변을 어슬렁거리는 것을 보고 엄마 아빠가 기겁했을 거예요. 마을에는 이런 종류의 동물이 없으니 말이에요. 그래도 딸들을 의심하는 일은 없었을 거예요. 다음 날 엄마는 작고 하얀 암탉 한 마리가 없어진 것을 알게 되겠지만, 일은 그 정도

선에서 일단락되었겠죠. 반대로 코끼리를 방에서 보게 된다면 엄마 아빠는 아이들에게 무슨 일이 있었는지 캐물을 것이고 노아의 방주 놀이를 하기 위해 부엌에 모든 동물을 모이게 했다는 사실을 죄다 고백해야 할 거예요. 마리네트가 한숨을 쉬었어요.

"에휴…… 엄마가 부엌에 아무도 들여보내지 말라고 신신당부하셨는데."

"아마 코끼리는 다시 하얀 암탉으로 변할지도 몰라." 델핀이 중얼거렸어요. "어쨌든 암탉이 코끼리가 된 건 놀이를 하기 위한 거였어. 노아의 방주 놀이가 끝난 후에도 암탉이 코끼리로 남아 있을 이유는 없잖아."

"그건 그렇지. 계속 놀이를 하자."

마리네트는 배의 키를 잡았고 델핀은 선장 자리에 섰어요.

"항해 계속!"

"다행이다. 재미있게 놀 수 있겠어."

코끼리가 말했어요.

"오늘로 항해 90일째. 이상 없음!"

델핀이 다시 말했어요.

"그런데 어디선가 연기가 나는 것 같아."

주변을 살피던 돼지가 말했어요. 사실 마리네트가 코끼리를 보고 너무나 놀라서 아무 생각 없이 난로의 손잡이를 돌려놓고 말았거든요.

"항해 172일째!" 선장이 소리 높여 외쳤어요. "이상 없음."

동물들은 시간이 이처럼 빨리 지나간다는 사실에 아주 만족스러워하는 듯 보였어요. 그러나 코끼리는 이 항해를 조금 지루하게 여기게 되었고 결국 퉁명스러운 어조로 말했어요.

"재미있긴 하지만 난 이 안에서 도대체 뭘 하는 거야?"

"너는 코끼리잖아!" 마리네트가 대답했어요. "물 빠지기를 기다려야 해. 불평할 거리가 전혀 없다고 생각하는데."

"아, 그래 맞아. 기다리는 거지⋯⋯"

"항해 237일째! 바람이 불고 있음. 수면이 낮아지는 것 같음. 수면이 낮아진다!"

이 소식에 너무 기뻤던 돼지는 소리를 꽥꽥 지르며 바닥에 나뒹굴었어요. 델핀이 소리쳤어요.

"조용히 해요, 돼지 씨! 그러지 않으면 코끼리에게 당신을 잡아먹어버리게 할 테야."

"그래, 정말 돼지를 먹어보고 싶어!" 코끼리는 마리네트를 향해 한쪽 눈을 찡긋하더니 이렇게 덧붙였어요. "어찌되었건 재미있군……"

"항해 365일째! 마당이 보인다. 모두 배에서 나갈 준비를 한다. 질서 정연하게! 홍수는 끝났다!"

마리네트는 안마당으로 나 있는 문을 열러 갔어요. 코끼리에게 잡아먹힐까 봐 잔뜩 겁을 먹은 돼지는 서둘러 나가려다 마리네트를 밀어 자빠뜨릴 뻔했어요. 땅이 그리 심하게 젖어 있지 않다는 것을 알게 된 돼지는 빗속으로 뛰어들더니 자기 우리까지 냅다 내빼버렸어요. 나머지 동물들은 서로 밀치거나 서두르지 않고 부엌을 나가 외양간이나 닭장의 자기 자리로 돌아갔죠. 유일하게 코끼리만이 두 아이 곁에 머물렀는데 자기 자리로 돌아갈 생각이 없는 듯 보였어요. 델핀이 코끼리에게 다가가 그의 손을 토닥이며 말했어요.

"자, 작고 하얀 암탉아, 이제 놀이는 끝났어…… 닭장으로 돌아가야지……"

"작은 암탉아, 암탉아……"

마리네트가 곡식 한 움큼을 던져주며 암탉을 불렀어요.

그러나 아이들의 애원은 아무 소용이 없었어요. 코끼리

는 다시 암탉으로 돌아가고 싶지 않았거든요. 코끼리가 말했어요.

"너희를 애먹이려는 건 아닌데 말이지…… 그렇지만 코끼리로 지내는 게 훨씬 더 재미있어."

늦은 오후가 되자 알프레드 삼촌을 만나고 나서 기분이 좋아진 엄마 아빠가 돌아왔어요. 비옷은 흠뻑 젖었고 장화 속까지 빗물이 스며들어 있었어요.

"아이고, 날씨가 왜 이 모양이람!" 문을 열면서 엄마 아빠가 말했어요. "너희를 데려가지 않길 정말 잘했지 뭐니."

"알프레드 삼촌은 어떠세요?"

얼굴이 조금 상기된 채 아이들이 물었어요.

"조금 이따 말해줄게. 우선 방에서 옷을 좀 갈아입어야겠어."

엄마 아빠는 벌써 방문 쪽으로 걸어가고 있었어요. 부엌을 반이나 건너갔고 아이들은 겁에 질린 채 바들바들 떨고 있었어요. 심장이 너무나 두근거려서 두 손으로 가슴을 지그시 눌러주어야 할 지경이었어요. 델핀은 숨이 막힌 듯 작은 소리로 말했어요.

"엄마 아빠, 비옷이 너무 젖었어요. 여기다 벗어놓으세요.

제가 난로 앞에 널어 말릴게요."

"아 그래, 좋은 생각이다. 미처 그 생각을 못 했구나."

엄마 아빠는 이렇게 말하고 여전히 빗물이 뚝뚝 떨어지는 비옷을 벗어서 난로 가까이에 널었어요.

"알프레드 삼촌은 어떠신지 너무 궁금해요." 마리네트가 안도의 한숨을 쉬며 말했어요. "아직도 무릎에 신경통이 있으신 거예요?"

"신경통은 그리 심하지 않으셔…… 그런데 조금만 참으라니까. 나들이옷을 좀 갈아입어야겠어. 그러고 나서 모두 다 말해주마."

엄마 아빠는 방문 쪽으로 걸어갔어요. 두 발짝만 더 가면 방문에 도달할 그 순간, 델핀이 그들 앞을 막아서며 작은 소리로 말했어요.

"옷을 갈아입기 전에 장화를 벗으시는 게 낫지 않을까요? 진흙을 사방에 묻혀서 방바닥이 모두 더러워지잖아요."

"그렇구나. 좋은 생각이야. 우린 미처 그 생각을 못 했네."

엄마 아빠가 말했어요. 두 분은 다시 난로 옆으로 와서 장화를 벗었어요. 하지만 벗는 데는 1분도 채 걸리지 않았죠. 마리네트가 다시 한번 알프레드 삼촌의 이름을 말했으나 목소리가 너무 작아서 엄마 아빠는 미처 듣지 못했어요.

아이들은 엄마 아빠가 방을 향해 걸어가는 것을 보고는 겁에 질려 두 뺨과 코, 귀까지 얼어붙는 듯했어요. 엄마 아빠가 방문 손잡이를 돌리려는 바로 그 순간, 등 뒤에서 울음소리가 터져 나왔어요. 두려움과 후회가 밀려와서 마리네트는 더 이상 울음을 참을 수 없었던 거예요.

"아니, 도대체 왜 우는 거니?" 엄마 아빠가 물었어요. "어디 아프니? 고양이가 할퀴기라도 했어? 이런, 왜 우는지 어서 말해보렴."

"코, 코끼…… 때문이야. 코끼…… 때문이라구."

마리네트가 말을 더듬거렸어요. 그러나 우느라 더 이상 말을 이을 수가 없었어요.

"엄마 아빠 발이 젖은 것을 보고 우는 거예요." 델핀이 서둘러 말을 이었어요. "감기에 걸리실까 봐 걱정이 돼서요. 난로 앞에 앉아 양말을 말리실 줄 알았던 거죠. 마침 의자도 준비해두었고요."

엄마 아빠는 마리네트의 금발 머리를 어루만져주며 이처럼 착하고 예쁜 딸을 두어서 정말로 기쁘다고 말했어요. 하지만 엄마 아빠는 감기에 걸리지 않을 것이고 옷을 갈아입

자마자 발을 말리러 난로 앞으로 다시 오겠다고 약속했어요. 델핀이 말했어요.

"먼저 발부터 말리시는 게 더 나을 거예요. 잘못하면 바로 감기에 걸려버리니까요!"

"아이고, 뭐 이런 일이 한두 번도 아니고…… 괜찮아. 장화에 물이 들어간 게 이번이 처음도 아니고, 그런 걸로 감기에 걸린 적은 한 번도 없단다."

"전 마리네트를 안심시키려고 말씀드린 거예요. 솔직히 마리네트가 알프레드 삼촌의 건강을 꽤나 걱정하고 있거든요."

"얘들아, 알프레드 삼촌 건강은 아주 좋아. 예전보다 더 좋아지셨어. 걱정하지 말렴. 5분 뒤에 더 자세히 말해줄게."

델핀은 더 이상 할 말을 찾지 못했어요. 엄마 아빠는 마리네트에게 웃어 보이면서 문을 향해 한 발 내디뎠어요. 그런데 난로 아래 숨어 있던 고양이가 잿더미에 꼬리를 올려놓았다가 엄마 아빠 곁을 지나면서 꼬리를 세차게 흔들어댔어요. 그 바람에 미세한 재 가루가 콧속으로 들어가며 엄마 아빠는 여러 번 재채기를 했어요.

"그거 보세요!" 아이들이 소리쳤어요. "1분도 지체하면 안 돼요. 빨리 발을 따뜻하게 해야 해요. 어서 여기 앉으세요."

조금 당황한 엄마 아빠는 마리네트 말이 옳다고 인정할 수밖에 없었고 난로 앞 의자에 앉았어요. 난로 받침대 위에 발을 올려놓고, 젖은 양말에서 김이 모락모락 피어오르는 것을 보며 엄마 아빠는 연신 하품을 했어요. 진흙탕 길을 따라 빗속을 오랫동안 걸어서 피곤하고 지친 엄마 아빠는 거의 곯아떨어진 상태였고 아이들은 엄마 아빠를 깨울까 봐 숨소리도 제대로 내지 못했죠. 별안간 엄마 아빠가 펄쩍 뛸듯이 놀랐어요. 둔중한 발소리 같은 것이 들렸기 때문이에요. 찬장 안의 그릇들이 흔들리고 있었어요.

"어머나! 누가 집 안에서 걷고 있는 것 같아. 이건 꼭……"

"아무것도 아니에요." 델핀이 말했어요. "다락에서 고양이가 쥐를 쫓아다니는 소리인 거 같아요. 점심때부터 저 소리가 나더라고요."

"말도 안 돼! 네가 잘못 안 거야. 어떻게 고양이가 찬장을 진동하게 한단 말이니? 네가 잘못 안 거야."

"제 말이 맞아요. 고양이가 방금 전에 저한테 말해주었어요."

"아 정말? 고양이가 이 정도 소리를 낼 수 있다니, 믿을 수 없는데. 하지만 고양이가 그랬다니 그럼 됐다!"

고양이는 난로 아래에서 몸을 동그랗게 말아 작게 움츠렸어요. 소리는 이내 멎었지만 엄마 아빠는 자고 싶은 마음이 싹 달아났어요. 양말이 마르는 동안, 엄마 아빠는 알프레드 삼촌을 만나고 온 이야기를 들려주기 시작했어요.

"알프레드 삼촌은 대문 앞에서 우리를 기다리고 계셨어. 날씨가 궂어서 너희가 못 오는 건 알고 계셨단다. 당연히 너희를 못 봐서 아쉬워하시곤 너희한테 이 얘기를 전해주라고…… 이런, 얘들아, 또 시작했어. 벽이 흔들리지 않니!"

"삼촌이 우리한테 뭘 전해달라고 하셨는데요?"

"응, 너희한테…… 아, 이런. 이번엔 고양이 때문이라는 말은 하지도 말아라. 집이 내려앉는 것 같아."

고양이는 난로 아래에서 몸을 더더욱 작게 움츠렸으나 꼬리 끝이 삐져나와 있는 것은 미처 알아채지 못했어요. 고양이가 다리 사이로 꼬리를 감추려는 그 순간, 엄마 아빠는 고양이를 발견하고는 말했어요.

"더 이상 고양이 탓은 못 하겠지! 고양이가 난로 바로 아래에 있잖니!"

엄마 아빠는 의자에서 일어나 난로까지 흔들어대는 이

거대한 발소리가 들려오는 곳으로 가보려 했어요. 그러자 고양이는 숨어 있던 곳에서 나와 마치 그때 막 일어난 듯이 네 다리를 쭉 뻗고 기지개를 켜면서 화난 목소리로 말했어요.

"에휴, 조용히 잠도 못 자겠네. 정말 짜증 나! 아침부터 저 말이 왜 저러는 건지 모르겠네. 매번 벽이며 외양간 칸막이며 발로 차대고 있으니. 부엌에서는 저 시끄러운 소리가 안 들릴 줄 알았는데 다락보다 오히려 더하네. 도대체 무슨 일로 저렇게 흥분한 건지 모르겠어."

"그러게 말이야. 어디가 아프거나 뭔가 불편한 것 같아. 조금 있다 보러 가자."

엄마 아빠가 얘기하는 동안, 고양이는 자기 말이며 아이들의 고집이며 아무 소용 없으니 너희도 더 이상 애쓰지 않는 게 낫겠다는 듯 아이들 쪽을 향해 어깨를 으쓱했어요. 솔직히 무슨 소용이 있겠어요? 어차피 아이들은 엄마 아빠가 방에 들어가는 것을 막지 못할 거예요. 5분 일찍 들어가나 늦게 들어가나 결국, 아무것도 달라질 게 없죠. 아이들은 고양이와 거의 같은 생각을 하기는 했으나 그래도 5분 늦게 들어가는 게 더 낫다고 생각했어요. 델핀은 헛기침을 해서 목소리를 가다듬고 다시 물었어요.

"알프레드 삼촌이 우리에게 전해주라던 얘기를 하시던 중이었잖아요."

"아 그래, 알프레드 삼촌은…… 아이들이 외출할 날씨는 아니라는 걸 잘 알고 계셨어. 비가 정말 세차게 내렸단다. 특히 엄마 아빠가 삼촌 댁에 도착했을 때 말이야. 정말 대홍수가 난 것 같았어…… 다행히 비가 계속 오래 내리지는 않을 듯해. 지금도 벌써 좀 그친 것 같다. 그렇지?"

엄마 아빠는 창문 밖을 흘끗 쳐다보다가 마당에서 산책하고 있는 말을 보고 깜짝 놀라 소리쳤어요.

"아니, 어찌된 거지? 말이 마당에 나와 있어! 결국 끈을 풀었나 봐. 마당에서 바람을 쐬고 있네. 잘됐지 뭐. 이젠 좀 조용해지겠군. 적어도 외양간에서 뒷발질해대는 소리는 안 듣겠네."

바로 그 순간, 아까보다 더 크고 묵직한 발소리가 다시 들렸어요. 마룻바닥이 삐거덕거리며 집 안 전체가 바닥에서 천장까지 신음 소리를 내는 듯했고 식탁은 한쪽으로 기울어졌어요. 엄마 아빠는 앉아 있던 의자가 흔들거리는 걸 느꼈어요.

"이건 말 때문이 아닌 것 같아." 엄마 아빠가 소리쳤어요. "말은 지금 여전히 마당에 있잖아! 그렇지 않니 고양아! 말일 수가 없어!"

"맞아요. 물론이죠……" 고양이가 대답했어요. "아마 외양간에서 소가 미쳐 날뛰고 있는 게 틀림없어요……"

"도대체 무슨 소릴 하는 거야, 고양아! 외양간에서 쉬고 있는 소가 미쳐 날뛰는 일은 없다고!"

"그러면…… 아마도 양이 젖소에게 싸움을 거나 봐요."

"양이 싸움을 건다고? 흐음…… 뭔가 좀…… 냄새가 나는걸…… 뭔가 석연치가 않아……"

이 말을 들은 아이들은 혼날 걱정에 겁이 나서, 금발 머리가 찰랑일 지경으로 몸을 심하게 떨었어요. 엄마 아빠는 두 아이가 자신들의 말을 어기고 뭔가 숨기고 있다는 것을 알아챘죠. 엄마 아빠는 미심쩍은 목소리로 물었어요.

"아하, 그렇구나! 너희가 집 안으로 누군가를 들여놓았나 본데…… 아! 만약 그런 거라면…… 이 몹쓸 것들! 누굴 들여놓았는지 차라리 모르는 게 낫겠다."

델핀과 마리네트는 화가 나서 눈살을 찌푸리고 있는 엄마 아빠를 감히 쳐다볼 수도 없었어요. 고양이도 겁먹은 채 어찌해야 할지 몰라 울상을 짓고 있었어요. 엄마 아빠가 말했어요.

"확실한 건 발소리가 아주 가까이서 들린다는 거야. 외양간에서 들려오는 소리는 아니거든…… 마치 바로 옆방에서 들리는 것 같은데…… 맞아. 방 안이야. 자, 한번 보러 가자꾸나."

엄마 아빠의 양말은 이제 바짝 말라 있었어요. 방문에서 눈을 떼지 않은 채 엄마 아빠가 의자에서 일어났어요. 엄마 아빠가 방문 앞으로 다가갈수록, 뒤편에서 델핀과 마리네트는 서로 손을 꼭 잡고 부둥켜안았어요. 고양이는 아이들의 장딴지에 자기 털을 비벼댔어요. 자신은 여전히 아이들의 친구임을 내비치며 용기를 조금 북돋워주려 했으나 이건 보통 끔찍한 일이 아니었어요. 아이들은 심장이 터질 것만 같았어요. 엄마 아빠는 귀를 문에 바짝 대고 의혹에 찬 태도로 방 안의 소리를 듣고 있었어요. 마침내 손잡이를 돌리자 문이 소리를 내며 열렸습니다. 순간 짧은 침묵이 흘렀어요. 델핀과 마리네트는 사지를 부들부들 떨며 방 안으로 눈길을 던졌어요. 그때 아이들은 작고 하얀 암탉 한 마리가 푸드덕 날아와 엄마 아빠의 다리 사이로 미끄러지면서 소

리도 없이 부엌을 냅다 가로질러서는, 벽시계 밑으로 몸을
웅크리고 숨어드는 것을 멍하니 바라보았답니다.

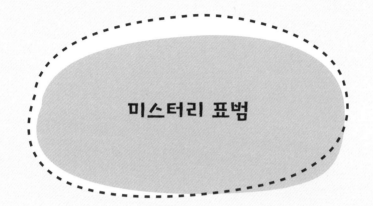

미스터리 표범

델핀과 마리네트는 풀밭에 배를 깔고 엎드린 채, 책을 한 권 펼쳐놓고 지리 공부를 하고 있었어요. 아이들 머리 사이로 오리 한 마리가 목을 길게 내밀고는 그림과 지도를 함께 보고 있었어요. 아주 예쁜 오리였죠. 머리와 목은 파란색이고 가슴은 적갈색의 털로 덮여 있으며 날개에는 파랗고 하얀 줄무늬가 그어져 있었어요. 오리는 글을 읽을 줄 몰랐으므로 아이들은 그림과 지도에 표시된 나라 이름을 오리에게 설명해주었어요. 마리네트가 말했어요.

"여기가 중국이야. 이 나라 사람들은 대체로 얼굴이 노랗고 눈이 가는 편이지."

"오리들도 그런가?"

오리가 물었어요.

"물론이지. 책에 나와 있진 않지만 그거야 당연하지."

"우아! 어쨌거나 지리 공부는 참 재미나다. 하지만 더 재미난 건 여행하는 걸 거야. 난 여행하고 싶어."

마리네트가 웃음을 터뜨렸어요. 델핀은 이렇게 말했지요.

"그런데…… 오리야. 여행하기에 넌 너무 작아."

"작긴 하지. 그렇지만 난 아주 영리하거든!"

"그리고 여행을 떠나면 넌 우리랑 헤어져야만 해. 우리와 함께 있는 게 행복하지 않아?"

"아, 물론 너희랑 같이 있어서 난 행복해. 너희만큼 내가 좋아하는 사람은 없지."

오리는 대답하며 두 아이의 이마에 자신의 이마를 비벼 댔고 목소리를 낮추어 다시 말했어요.

"너희 엄마 아빠한테는 이런 말 절대 못 해. 아, 부모님에 대해 나쁘게 말하려는 건 아니야. 알지? 내가 그렇게 막돼먹지는 않았거든. 그런데 내가 걱정이 되는 건, 너희도 알다시피 엄마 아빠의 변덕이야. 저 불쌍한 늙은 말을 생각해봐."

아이들은 고개를 들어 풀밭 한가운데에서 풀을 뜯고 있

는 늙은 말을 한숨 쉬며 바라보았어요. 이 불쌍한 짐승은 몹시도 늙어 보였어요. 갈비뼈는 멀리서도 셀 수 있을 정도로 불거져 있고 다리도 너무 가늘고 약해서 서 있는 것조차 힘들어 보였죠. 게다가 한쪽 눈이 안 보이다 보니, 험한 길에서 비틀거리다 여기저기 부딪혀서 두 무릎에는 생채기가 크게 나 있었어요. 오리와 아이들이 자기를 보며 말하는 것을 성한 한쪽 눈으로 알아챈 말은 아이들에게 다가왔어요.

"내 얘기를 하고 있었니?"

"응, 맞아." 델핀이 대답했어요. "얼마 전부터 네 얼굴이 좋아 보인다고 얘기하던 참이야."

"너희 셋은 참 착하구나." 늙은 말이 말했어요. "너희 말을 믿고 싶어. 그런데 불행히도 주인님 생각은 그렇지가 않단다. 주인님은 내가 너무 늙어서 밥값도 제대로 하지 못한다고 말씀하시지. 내가 늙어서 피곤한 건 사실이야. 내가 일을 한 지도 꽤 오래되긴 했어…… 너희가 이 세상에 태어나는 걸 봤다고 생각해보렴…… 기억난다. 너희는 인형만 한 크기였어. 그 시절엔 내가 너희를 태우고 아무렇지도 않게 언덕을 오르는가 하면, 소처럼 쟁기를 끌기도 했다니까. 소 두 마리 몫은 해냈지. 언제나 즐거웠는데…… 이젠 숨이 차고 다리도 후들거리고. 그저 늙어빠진 말이지. 뭐 그게 바로 내 모습 아니겠니."

"아니야, 절대 그렇지 않아. 넌 괜한 걱정을 하는 거야, 정말이야."

오리가 강하게 도리질을 치면서 말했어요.

"오늘 아침에 주인님이 나를 푸줏간에 팔려고 했다는 게 그 증거지. 여름철에 내가 할 수 있는 일들이 아직 있다며 아이들이 내 편을 들어주지 않았더라면 내 처지는 뻔했어. 하긴 그것도 잠시 미뤄진 것뿐이야. 아무리 늦어도 9월 장터에는 날 내다 팔기로 단단히 마음먹으신 듯해."

"내가 널 위해 뭔가 해주고 싶구나."

오리가 한숨을 내쉬며 말했어요.

바로 그때 엄마 아빠가 풀밭으로 왔다가, 이야기를 나누고 있는 말을 보고 놀라서 소리를 질렀어요.

"주제넘게 굴고 있는 저 늙다리 말 좀 보게나! 수다나 떨라고 너를 풀밭에 풀어준 게 아니거든!"

"얘기한 지 5분밖에 안 됐어요."

델핀이 변명했어요.

"5분? 5분도 길어. 그 시간에 돈 한 푼 들지 않는 풀이나 뜯어먹을 것이지. 풀밭에서 먹으면 광에서 풀을 꺼내오지 않아도 되잖아. 그런데 저 배은망덕한 녀석은 인상만 쓰고 있다니까! 에고…… 왜 오늘 아침에 저 녀석을 팔아버리지 않았을까? 할 수만 있다면 그냥……"

늙은 말은 할 수 있는 한 빨리 멀리까지 달려보려 했어요. 여전히 힘이 넘친다는 것을 보여주기 위해서였죠. 두 무릎을 높이 들어 올리려고도 노력했지만, 무릎이 제대로 맞춰지지 않아 여러 번 자빠졌어요. 다행히 엄마 아빠는 말에게 별로 신경을 쓰지 않았어요. 오리를 발견하고는 기분이 좋아졌거든요.

"아이고, 요런. 아주 튼실한 오리로구나. 먹이를 잘 먹고 있나 보네. 정말 보기 좋구나. 알프레드 삼촌이 일요일에 점심을 먹으러 온다고 했는데……"

이렇게 말하고 나서 엄마 아빠는 귓속말로 속삭이며 풀밭에서 멀어져갔어요. 오리는 방금 전에 들은 말을 이해하지 못했지만 무언가 마음 한구석이 편치 않았어요. 마리네트가 오리를 가볍게 들어 안아 무릎에 올려놓고는 말했어요.

"오리야, 조금 전에 여행하고 싶다고 했었지……"

"응. 하지만 내 생각이 너와 델핀 맘에는 들지 않는 것 같아서……"

"아니야, 오히려 그 반대야!" 델핀이 소리쳤어요. "게다가 내가 너라면, 내일 아침에 당장 떠나겠어."

"내일 아침에? 잠깐, 잠깐만……"

오리는 갑작스러운 출발 얘기에 몹시 흥분했어요. 날개를 파닥이더니 마리네트의 앞치마로 뛰어오르고는 어찌 할 바를 몰랐어요.

"그래! 왜 시간을 끌려고 해?" 델핀이 다시 말했습니다. "계획을 세웠으면 기다리지 말고 실행에 옮겨야 하는 거라구. 너도 알다시피, 말만 하고 여러 달 동안 질질 끌다 보면 나중에는 아예 그것에 대해 말도 꺼내지 않게 되거든."

"하긴 그렇긴 해." 오리가 말했어요.

여행을 결심한 오리는 오후 내내 두 아이와 함께 지리 공부를 하며 시간을 보냈어요. 큰 강, 작은 강, 도시, 바다, 산, 도로, 철도…… 오리는 모든 것을 암기했어요. 잠자리에 들려고 해도 오리는 머리가 너무 아파 좀처럼 잠을 이룰 수가 없었어요. 그러다 막 잠이 들려는 순간 오리는 생각했어요. '우루과이의 수도는?…… 이런 맙소사, 우루과이의 수도를 잊어버렸어······' 다행히 자정부터는 조용히 깊은 잠에 빠져들었고 새벽이 되자 심신이 거뜬해졌어요.

마당에는 오리를 배웅하기 위해 집 안의 동물들이 모두 모여 있었어요. 암탉, 돼지, 말, 젖소, 양이 인사했어요.

"잘 가, 오리야. 너무 오래 떠나 있지는 마."

"안녕, 우리를 잊지 마."

소, 고양이, 송아지, 칠면조가 말했어요.

"여행 잘하고 와."

동물들이 모두 입을 모아 말했어요.

그중에는 늙은 말처럼 다시는 오리를 볼 수 없을 거라는 생각에 우는 동물도 있었어요. 오리는 뒤돌아보지 않고 총총걸음으로 길을 떠났어요.

지구는 둥글기 때문에 석 달이 지나자 오리는 출발점으로 다시 돌아와 있었어요. 그런데 오리는 혼자가 아니었어요. 검은 반점이 있는 황금빛 털에 노란 눈을 지닌 멋진 표범 한 마리가 오리 곁에 함께 있었답니다. 마리네트와 델핀은 마당을 지나다가 처음 표범을 보고는 겁에 질려 오싹 소름이 끼쳤는데, 곁에 있는 오리를 보고 바로 안심하게 되었어요. 오리가 소리쳤어요.

"애들아, 안녕! 난 정말 멋진 여행을 했단다. 나중에 모두 다 얘기해줄게. 난 혼자가 아니야. 표범 친구와 함께 돌아왔어."

표범은 두 아이에게 인사하고는 다정한 목소리로 말했어요.

"오리한테 너희 얘기를 자주 들었어. 그래서인지 예전부터 이미 너희를 알고 있던 느낌이네."

오리가 설명해주었어요.

"사실은 말이야, 인도를 지나가던 길이었거든. 하루는 저녁에 표범과 딱 마주쳤지 뭐야. 처음엔 얘가 날 잡아먹으려 했지……"

"실은…… 오리 말이 맞아."

한숨을 내쉬며 표범은 고개를 떨구었어요.

"그런데 나는 이성을 잃지 않았어. 다른 오리들도 내 입장이었다면 나처럼 했겠지만 말이야. 내가 표범한테 말했지. '표범아, 넌 나를 잡아먹으려 하는데 너희 나라 이름이 뭔지는 알고 있니?' 당연히 표범은 아무것도 알지 못했고 나는 표범이 인도, 그것도 벵골 지방에 살고 있다고 알려줬어. 강, 도시, 산에 대해 얘기해주고…… 다른 나라에 대해서도 말해줬어. 표범은 모든 걸 알고 싶어 했고 나는 밤새 애 질문에 대답했지. 아침이 되었을 때 우린 이미 친구가 되었고 그 후로 우린 서로 한 발짝도 떨어져본 적이 없어. 내가 아주 신중하게 가르쳤다는 것은 너희가 믿어도 돼."

"맞아, 난 배움이 필요했어." 표범이 인정했어요. "당연한 거 아냐! 난 지리를 모르니까⋯⋯"

"우리 나라는 어떻게 생각하니?"

마리네트가 물었어요.

"아주 좋아. 내 맘에 들 것 같아. 오리에게 두 꼬마와 농장 동물 얘기를 듣고 나서는 빨리 이곳에 와보고 싶었어. 아, 그런데 우리 착하고 늙은 말은 어떻게 지내?"

이 질문에 델핀과 마리네트는 코를 훌쩍이기 시작했고 델핀이 울며 말했어요.

"엄마 아빠가 9월 장터까지도 기다리지 않는다고 하셨어. 말을 팔기로 점심에 결정했단다. 내일 아침이면 푸줏간에서 말을 데리러 온대."

"그럴 수가⋯⋯"

표범이 으르렁거렸어요.

"마리네트랑 내가 말의 편을 들었지만 아무 소용이 없었어. 엄마 아빠는 우리를 혼내셨고 일주일 동안 디저트도 안 주실 거래."

"그건 너무 심하다. 엄마 아빠는 어디 계셔?"

"부엌에."

"알겠어. 두고 보렴…… 너무 걱정하지 마, 얘들아."

표범은 목을 길게 늘이고 머리를 높이 쳐든 채 입을 크게 벌리면서 우렁차게 포효했어요. 표범이 자랑스러웠던 오리는 으쓱대면서 아이들에게 거드름을 피우지 않을 수 없었죠. 엄마 아빠는 서둘러 부엌에서 뛰쳐나왔지만, 소리가 어디서 나는지 알아볼 새도 없었어요. 훌쩍 뛰어오른 표범은 마당을 가로질러서 두 사람 앞에 네 다리로 척 버티고 섰어요.

"움직이면, 갈기갈기 찢어버리겠어!"

엄마 아빠는 몹시 당황한 듯 보였어요. 사지를 벌벌 떨면서 고개도 들지 못했어요. 표범의 금빛 눈동자는 사나운 빛을 발했고 말아 올라간 두꺼운 입술 사이로 뾰족한 송곳니가 드러나 보였어요.

"방금 내가 무슨 소릴 들은 거지?" 표범이 으르렁거리며 말했어요. "당신네 늙은 말을 푸줏간에 팔아버린다고? 창

피하지도 않나? 당신들을 위해 평생을 바친 불쌍한 짐승을 내다 팔아버리다니! 그의 고통의 대가가 바로 이런 것이라니! 정말이지 당신들을 잡아먹지 말아야 할 이유를 모르겠어. 적어도 당신들이 날 위해 일했었다는 말은 하지 않겠지……"

엄마 아빠는 새파랗게 질린 얼굴로 이를 딱딱 부딪히며, 늙은 말을 푸줏간에 팔려던 생각이 너무 잔인하지는 않았는지 생각하기 시작했어요.

"저 두 아이들도 마찬가지야. 아이들이 말의 편을 들었다고 일주일 동안 디저트를 주지 않겠다고 했다던데. 도대체 당신들 괴물 아냐? 내가 단언컨대, 이제 모든 것이 달라질 거야. 집도 다른 방식으로 꾸려가야 할 거고. 우선 아이들에게 준 벌부터 거두어야겠어. 이런, 내 결정이 불만스러운 모양이군. 내 말이 맘에 들지 않나?"

"아, 아니, 그 반대예요."

"좋아, 그렇다면 다행이고. 늙은 말을 푸줏간에 파는 얘긴 없던 걸로 해. 잘 보살펴서 여생을 편안히 보낼 수 있게 하라고."

표범은 그 외에도 다른 동물들이 좀더 행복하게 살 수 있는 방법에 대해서도 이야기했어요. 처음에 무섭고 날카롭게 으르렁거리며 심어주었을지도 모를 나쁜 인상을 지우기라도 하려는 듯 표범의 말투는 약간 부드러워졌죠. 조금 안심한 엄마 아빠는 용기를 내서 이렇게 말했어요.

"결국 당신도 우리 집에 머물 거죠. 그거 잘되었네요. 하지만 매 순간 잡아먹히지 않을까 걱정해야 한다면 우리 삶이 어떻게 될지 생각해보셨수? 우리 집 동물들이 위험에 놓이는 건 말할 것도 없고 말이우. 주인이 돼지를 죽이고 닭을 잡지 못하게 말리는 건 좋은 일이라고 쳐요. 그렇지만 표범이 채소만 먹고 산다는 소린 들어본 적이 없는데……"

"걱정할 만하지. 충분히 이해해." 표범이 대답했어요. "내가 지리를 몰랐던 시절에는 인간이나 짐승이나 내게 다 맛있는 먹거리였어. 그렇지만 오리를 만난 후로 내 입맛은 고양이 입맛이 되었지. 여기 있는 오리가 증명해줄 거야. 난 이제 집쥐나 생쥐, 들쥐 그리고 그 밖의 해로운 것들만 먹어. 아, 물론 가끔씩 숲속을 둘러보지 않을 거라고는 말 못하겠어. 어찌되었건 집 안 동물들이 나를 두려워할 일은 절대 없을 거야."

엄마 아빠는 곧 표범과 함께 있는 것에 익숙해졌어요. 엄마 아빠가 아이들을 아주 심하게 벌주지 않고 동물들을 괴롭히지 않는 한, 표범은 엄마 아빠에게 늘 상냥하게 대했어요. 알프레드 삼촌이 집으로 놀러 오는 일요일에는 화이트 소스를 곁들인 닭 요리까지도 눈감아주었어요. 사실 이 닭은 자기 친구들을 괴롭히고 기회만 되면 골탕 먹일 궁리만 하는 고약한 녀석이었죠. 그 닭으로 요리하는데 아무도 마음 아파하지 않았어요.

한편, 표범은 집에 도움을 주기도 했어요. 표범이 집에 있으니 모두가 편히 잠잘 수 있었고 집이 안전하게 지켜졌어요. 이것은 늑대가 외양간 주변을 어슬렁거리던 어느 날 밤 증명되었어요. 살며시 문을 열고 집 안에 들어선 불쌍한 늑대가 곧 먹을 맛난 음식을 생각하며 입맛을 다시던 순간, 미처 무슨 일인지 알아채기도 전에 자기가 잡아먹히는 신세가 되고 말았죠. 늑대에게 남은 것이라곤 두 앞발과 털 뭉치 한 움큼 그리고 뾰족한 귀 한 짝뿐이었어요.

표범은 심부름도 잘 해냈어요. 설탕이나 후추, 혹은 향신료가 필요할 때면 델핀이나 마리네트를 등에 태우고 쏜살같이 달려 식료품점에 데려다주었어요. 가끔 표범 혼자 왔다고 일부러 거스름돈을 덜 주는 가게 주인에게는 착하게 굴지 않았죠.

표범이 함께 살게 된 이후, 집안 분위기가 달라졌고 아무도 불평하는 이가 없었어요. 전에 없이 호강하는 늙은 말은 말할 것도 없고, 모두 그 어느 때보다 더 행복하다고 느꼈어요. 동물들은 안심하며 지냈고 사람들은 예전과 달리 짐승을 잡아먹는 죄책감에 시달릴 필요가 없어졌지요. 엄마 아빠는 동물들에게 소리를 지르며 을러대던 버릇이 사라졌고, 모두에게 일은 즐거움이 되었어요. 게다가 표범은 아이들과 노는 것을 좋아했고 언제나 말타기 놀이나 고양이 놀이를 할 준비가 되어 있었어요. 놀이 상대가 부족한 경우는 없었어요. 표범은 동물들뿐 아니라 엄마 아빠까지도 놀이를 하도록 만들곤 했답니다. 처음 얼마 동안 엄마 아빠는 표범의 말을 들으면서 투덜거렸어요.

"우리 나이에 도대체 이게 뭐하는 짓이람! 알프레드 삼촌이 보시면 뭐라 하시겠니?"

그런데 이런 불평은 사흘 이상 지속되지 않아서, 엄마 아빠가 너무나 재미있어한 나머지 놀이를 하지 않고는 하루도 견딜 수가 없을 정도가 되었어요.

잠깐 쉴 틈이 생기면 엄마 아빠는 "병원 놀이 할 사람" 하며 마당에 대고 고함을 질러댔어요. 더 날렵해지기 위해 엄마 아빠는 신발도 벗어버린 채 젖소와 돼지, 표범을 쫓아다녔고 마을 초입에서부터 이들의 웃음소리가 들렸어요. 뗄핀과 마리네트도 노느라 바빠서 공부하고 숙제할 시간도 겨우 낼 지경이었지요.

"얘들아, 와서 놀자! 숙제는 다음에 하렴!"

엄마 아빠가 말했어요.

매일 저녁 식사 후 마당에서는 술래잡기 판이 벌어졌어요. 엄마 아빠와 아이들, 표범과 오리 그리고 닭장과 외양간의 모든 짐승이 두 패로 나뉘었죠. 집 안에 이렇게 웃음이 가득한 적이 없었어요. 놀이에 끼기엔 너무 늙은 말은 그저 구경하는 것으로 만족해야 했지만 그렇다고 재미가 덜한 것도 아니었어요. 놀이하다 싸움이라도 나면 늙은 말이 두 상대의 중재자 역할을 했어요. 한번은 돼지가 엄마 아빠 중 한쪽이 반칙을 했다고 비난했으나 말은 돼지가 틀렸다고 판정을 내렸어요. 돼지는 못된 짐승이 아니었고 오히려 착한 축에 들었지만, 자기가 지자 쉽게 화를 냈어요. 돼지 때문에 표범의 기분이 상할 정도로 격렬한 다툼이 여러 번 일어나기도 했어요. 그러나 언짢은 순간은 아주 드물었고 금

세 잊히곤 했죠. 술래잡기는 달 밝은 시간에 시작해서 사방이 어두워질 때까지 계속되었고 아무도 끝내려 하지 않았답니다.

"자, 자, 이제 그만 잠자리에 들 준비를 해야지……"

다른 동물들보다는 좀더 이성적인 오리가 말했어요.

"15분만 더." 엄마 아빠가 애원했어요. "오리야, 15분만 더……"

술래잡기 말고도 손뼉치기, 도둑잡기, 사방치기, 돌차기도 하며 놀았어요. 언제나 엄마 아빠가 누구보다 더 열중했죠.

식사 시간에도 지루하지 않았어요. 오리와 표범이 자기들의 여행 이야기를 해주었답니다. 아주 이상한 나라들을 돌아다닌 둘의 이야기를 듣는 것은 너무나 재미있었고, 피곤할 새가 없었어요.

"러시아를 구석구석 돌아다닌 나는 공산주의에 대해 너희에게 진실을 얘기해줄 수 있어. 그곳에 가보지도 않은 채 이런저런 얘기를 하는 사람들도 있는데, 난 내 눈으로 똑똑히 봤지. 알겠어? 그래서 진실을 말하자면, 거기라고 해서 다른 데보다 오리가 더 나은 대우를 받는 건 아냐."

어느 이른 아침, 돼지는 산책을 하러 우리에서 나왔어요. 그는 마당에 있던 늙은 말에게 다정한 목소리로 인사하고 암탉에게 미소를 보냈어요. 하지만 표범 앞을 지날 때에는 한마디도 하지 않고 지나가버렸어요. 표범 역시 한마디 말도 없이 지나가는 돼지를 그저 보고만 있었죠. 전날 술래잡기를 하다가 다투었거든요. 돼지가 너무 무례하게 굴어서 모두 그에게 언짢아했어요. 화가 난 돼지는 앞으로 표범과 놀지 않겠다고 선언하고 집으로 돌아갔죠. 또 덧붙이기를, "난 술래잡기 놀이가 좋아, 하지만 식구도 아닌 남의 변덕을 참아내야 한다면 차라리 잠이나 자겠어"라고도 했고요.

표범은 아침이면 늘 하듯이 숲속을 한 바퀴 돌기 위해 8시경 집을 나섰다가 11시경 집으로 돌아왔어요. 표범은 발걸음이 무거워지고 눈꺼풀이 아래로 감겨서 나른해 보였어요. 하얀 암탉이 표범에게 피곤해 보인다고 하자, 표범은 숲속에서 오랫동안 뛰어다녔다고 답했어요. 이 말을 하고 나서 표범은 부엌 바닥에 널브러져 곧바로 깊은 잠에 빠져들었어요. 이따금씩 표범은 잠결에 한숨을 내쉬기도 하고 혀로 두꺼운 입술을 핥기도 했어요.

점심 녘에 밭에서 돌아온 엄마 아빠는 돼지가 아직도 돌아오지 않았다며 구시렁거렸어요.

"이런 일은 처음인걸. 아마도 돼지가 시간을 잊었나 보다."

혹시 오늘 아침 돼지를 만나지 않았느냐는 질문에 표범은 아니라는 표시로 고개를 돌려버렸어요. 식사 중에도 표범은 대화에 끼어들지 않았어요. 오후가 지나가도록 돼지가 돌아오지 않자 엄마 아빠는 걱정이 되기 시작했어요.

저녁이 되어도 돼지의 모습은 보이지 않았어요. 모두 마당에 모였지만 숨바꼭질을 할 분위기가 아니었죠. 엄마 아빠는 의심스러운 눈초리로 표범을 보기 시작했어요. 두 앞발 사이에 머리를 집어넣은 채 배를 깔고 누워 있는 표범은 친구들의 걱정에 아랑곳하지 않았어요. 아이들과 오리는 물론이거니와 늙은 말조차 몹시 놀랐어요. 오랫동안 표범을 관찰한 후에 엄마 아빠가 한마디 했어요.

"너 평소보다 더 뚱뚱해 보여. 배는 너무 많이 먹은 것처럼 몹시 무거워 보이네!"

"맞아, 오늘 아침에 새끼 멧돼지 두 마리를 먹었거든."

"음! 오늘은 사냥감이 풍부했나 보군. 날이 밝으면 멧돼지들이 숲 가를 어슬렁거리지 않잖아. 숲속 깊숙이 들어가야 했을 텐데……"

"맞아. 표범이 오늘은 멀리까지 갔었어. 오전에 집으로 돌아오면서 표범이 나한테 말했어."

표범이 돌아오는 길에 만났던 하얀 암탉이 말했어요.

"말도 안 돼." 그때까지 무슨 말인지도 모른 채 이야기를 듣고 있던 송아지가 소리쳤어요. "그럴 리가 없어. 내가 들판에 있었는걸. 아침나절에 표범이 강가를 지나는 걸 봤어."

"흐음…… 이것 봐라……"

엄마 아빠가 의심 어린 말투로 말했습니다.

모두 표범을 바라보며 걱정스럽게 그의 대답을 기다렸어요. 처음에 표범은 기막혀하더니 결국 이렇게 단언했어요.

"송아지가 잘못 본 거야. 그뿐이야. 뭐 그럴 수도 있지. 태어난 지 3주밖에 안 되었으니…… 저 나이 때는 송아지들 눈이 아직 밝지 못하잖아. 그런데 도대체 왜 내게 이런 질문들을 하는 거지?"

"어제저녁에 너 돼지하고 말다툼했잖아. 혹시…… 보복하려고 숲속 구석으로 데려가 잡아먹은 거 아냐?"

"아니, 그 녀석과 싸운 게 어디 나뿐이야?" 표범이 되받아치며 화를 냈어요. "만약 돼지가 잡아먹혔다면, 아줌마 아저씨 당신들 짓일 수도 있잖아! 누가 들으면 당신들은 돼지고

기를 한 번도 안 먹어본 줄 알겠군. 내가 여기 온 후로 이 집의 동물들을 함부로 대하거나 괴롭히는 것을 본 적이 있어? 내가 없었다면, 얼마나 많은 닭과 오리가 냄비 속으로 들어갔을 것이며 또 얼마나 많은 짐승이 푸줏간에 팔렸겠어! 늑대와 여우가 외양간과 닭장을 피바다로 만들려던 걸 막은 건 얘기하지도 않겠어……"

표범의 말에 동물들은 고개를 끄덕이며 사실 그건 고마운 일이라고 수군거렸어요.

"돼지는 아직도 돌아오지 않았어. 같은 일이 또 다른 동물들에게 일어나지 않기를 바라야지 뭐."

엄마 아빠가 투덜거렸습니다.

"잠시만요!" 오리가 말했어요. "돼지가 잡아먹혔을 거라고 생각할 이유가 전혀 없어요. 어쩌면 잠시 여행을 떠났을 수도 있어요. 그러지 말란 법도 없죠. 저도 어느 날 아침, 여러분한테 한마디도 하지 않고 집을 떠난 적이 있어요. 그런데 자, 이렇게 전 지금 여기 있잖아요. 기다려봐요. 분명히 돼지는 돌아올 거예요……"

그러나 돼지는 결코 다시 돌아오지 않았어요. 그에게 무슨 일이 일어났는지를 알 길이 없었죠. 돼지가 여행을 떠났다고 생각하는 건 거의 불가능해 보였어요. 돼지는 상상력이라고는 거의 없을뿐더러 모험보다는 편안하고 안락한 삶을 더 좋아했거든요. 더욱이 지리에 대해서는 낫 놓고 기역자도 모르는 데다 그렇다고 모르는 걸 고민하는 성격도 아니었어요. 표범이 잡아먹었다고 믿는다면 그건 그것대로 또 다른 문제가 있었어요. 3주배기 송아지의 증언은 근거가 부족했기 때문이죠. 한편 들판을 떠도는 도둑들이 돼지를 잡아다 삶아 먹었을 가능성도 생각해볼 수 있어요. 그런 일은 이미 일어난 적이 있거든요.

어찌되었건 돼지에 관한 이 불행한 사건이 예전의 생활로 돌아가는 데 방해가 되지는 않았어요. 엄마 아빠도 곧 이 사건을 잊어버리고 다시 숨바꼭질 놀이를 시작했어요. 솔직히 말하자면, 돼지가 사라지고 나서 다들 예전보다 더욱 재미나게 놀았답니다.

델핀과 마리네트는 그해처럼 재미난 방학을 보낸 적이 없었어요. 표범은 두 아이를 등에 태우고 숲과 들판을 가로지르며 거닐었어요. 산책을 할 때는 거의 항상 표범의 목덜미에 오리를 태워 데려가곤 했어요. 두 달 만에 아이들은 주변 30킬로미터 반경의 마을 구석구석을 다 알게 되었어요.

표범은 바람처럼 날아다녔고 험한 길에서도 주저하지 않았어요.

여름방학이 끝나고 나서도 화창한 날씨는 며칠간 계속되었으나, 오래지 않아 비가 내렸고 11월에는 빗줄기가 꽤 차가워졌어요. 광풍이 몇 차례 지나가자 마지막 나뭇잎마저 떨어져버렸죠. 표범은 활기가 없어지고 온몸이 무거워지는 느낌을 받았어요. 밖으로 쉽게 나오려 하지 않아서 마당에서 함께 놀자고 졸라야만 했어요. 아침이면 여전히 숲속에서 사냥을 했지만 그리 즐거워하지는 않았어요. 나머지 시간에는 부엌을 거의 떠나지 않고 난롯가 근처에 자리를 잡고 엎드려 있었어요. 오리는 잊지 않고 매일 몇 시간씩 표범과 시간을 보내러 왔어요. 표범은 추운 계절에 대해 불평했어요.

"들판이고 숲이고 모두 너무 황량해! 우리 나라에선 비가 오면 나무가 자라고 새싹이 움트지. 모든 것이 더욱 푸르러지거든. 그런데 여긴 빗줄기가 차갑고 모든 것이 우울하고 칙칙하기만 해."

"너도 곧 익숙해질 거야." 오리가 말했어요. "그리고······ 비가 계속 오는 건 아니야. 곧 눈이 올 거야······ 눈을 보면 너도 들판이 지저분하다고는 말하지 못할걸. 눈은 하얀 오리 깃털 같아. 모든 것을 뒤덮어버리지."

"나도 눈이 보고 싶다……"

표범이 한숨을 쉬었어요.

매일 아침 표범은 들판을 보기 위해 창가로 갔어요. 하지만 이번 겨울에는 비만 내리기로 작정했는지, 세상이 온통 침울하기만 했어요. 표범이 아이들에게 물었어요.

"결국…… 눈은 내리지 않는 걸까?"

"그리 늦어지지는 않을 거야. 날씨는 수시로 바뀌곤 하니까."

델핀과 마리네트는 걱정스러운 눈으로 하늘을 바라보았어요. 표범이 활기를 잃고 난롯가 구석에 자리 잡은 후, 집 안 분위기는 몹시 우울해졌어요. 아무도 놀이할 생각을 하지 않았어요. 엄마 아빠는 또다시 불평하고 서로 귓속말하면서 못마땅한 눈초리로 동물들을 쏘아보기 시작했어요.

어느 날 아침, 평소보다 더 추위를 느끼며 잠에서 깨어난 표범은 매일 아침 하던 대로 창가로 갔어요. 바깥이 전부 하얀색이었어요. 마당도, 정원도, 들판 저 멀리까지도. 커다랗고 하얀 눈송이가 펑펑 쏟아지고 있었어요. 기쁨에 찬 표범

은 크아앙 울음소리를 내며 마당으로 뛰쳐나갔어요. 소복이 쌓인 부드러운 눈 속으로 발이 빠졌고, 표범의 털 위로 내려앉은 눈송이는 마치 온몸을 부드럽게 어루만져주는 것 같았어요. 표범은 여름날 아침의 광명과 예전의 기력까지 되찾은 듯했죠. 들판으로 달려나가 하얀 눈송이를 두 앞발로 쳐내며 놀기도 하고 공중으로 뛰어오르는가 하면 춤도 추었어요. 가끔 표범은 멈춰서 눈 속을 뒹굴다가 또 온 힘을 다해 빠른 속도로 달리곤 했어요. 두 시간 동안 달리고 놀다가, 호흡을 가다듬기 위해 멈추어 선 표범은 추위에 온몸을 떨기 시작했어요. 불안해진 표범이 눈으로 집을 찾아보다가 그제야 너무 멀리 왔음을 알아차렸어요. 더 이상 눈은 내리지 않았고 매서운 바람이 불기 시작했어요. 집으로 돌아가기 전에 표범이 잠시 쉬려고 눈 속에 길게 드러누웠어요. 표범은 이처럼 부드러운 침대를 경험한 적이 없었어요. 하지만 일어나려 했을 때, 발은 굳고 몸은 더욱 떨려왔죠. 집은 너무나 멀어 보였고, 살을 에는 듯 들판에 부는 바람 때문에 표범은 다시 달릴 용기를 낼 수가 없었어요. 점심때가 되어도 표범이 돌아오지 않자, 델핀과 마리네트는 오리와 늙은 말을 데리고 표범을 찾으러 나섰어요. 눈 위에 찍힌 표범의 발자국은 이미 지워졌으므로 한낮이 되어서야 겨우 표범을 찾을 수 있었어요. 표범은 사지가 굳은 채 온몸을 떨고 있었어요.

"뼛속까지 시리구나."

표범은 친구들이 다가오는 것을 보고 한숨을 쉬며 말했어요. 늙은 말이 입김을 불어 표범의 몸을 따뜻하게 해주려 했으나 이미 너무 늦은 상황이었어요. 표범은 아이들의 손을 핥으며 고양이 울음소리보다 더 작고 부드러운 소리로 속삭였어요. 오리는 표범이 중얼거리는 소리를 들었어요.

"돼지야…… 돼지야……"

그러고 나서 표범의 황금빛 눈동자는 감겨버렸답니다.

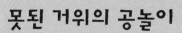

# 못된 거위의 공놀이

델핀과 마리네트가 방금 깎은 파란 잔디 위에서 라켓으로 공을 주고받으며 놀고 있었어요. 그때 하얀색 깃털에 몸집이 큼지막한 수거위 한 마리가 커다란 부리로 숨을 헐떡거리며 다가왔어요. 거위는 화가 난 듯했지만 아이들은 신경 쓰지 않았어요. 서로 공을 주고받으며 자기 차례를 놓치지 않으려고 눈으로 공을 좇느라 여념이 없었죠. 거위는 부리로 "쯧…… 쯧……" 소리를 냈어요. 하지만 아이들은 거위가 그곳에 온 것조차 모르는 듯했고 이에 화가 난 거위는 점점 더 큰 소리로 한숨을 내쉬었어요. 아이들은 공을 받아칠 때마다 "앞으로 내려치기!" "무릎 굽히기!" "2단 돌리기!" 하고 소리를 질렀어요. 그러다 델핀이 코를 공으로 맞은 것은

2단 돌리기를 하는 순간이었어요. 처음 한동안 델핀은 자리에 얼어붙은 채, 코가 제대로 붙어 있는지 확인하기 위해 코를 문질러보았어요. 그러고 나서 델핀은 웃음을 터뜨리고 말았고, 마리네트도 금발이 온통 뒤헝클어질 정도로 온몸을 흔들어대며 깔깔거리고 웃어댔어요. 그러자 아이들이 자기를 놀린다고 생각한 거위는 기다란 목을 앞으로 쭉 내밀고 날개를 파닥거리며 깃털을 곤두세운 채, 화난 표정으로 아이들에게 성큼성큼 다가와 말했어요.

"내 풀밭에서 노는 걸 허락할 수 없어!"

거위는 두 아이 사이에 멈춰 서서는 화가 나 경계하는 시선으로 아이들을 한 명씩 노려보았어요. 델핀은 이내 심각해졌으나 마리네트는 평소 뒤뚱거리고 몸놀림이 둔하던 거위가 넓적한 발로 버티고 서서 발끈 화내는 모습을 보고는 더욱 큰 소리로 웃어댔어요.

"얼씨구! 갈수록 태산이군." 거위가 소리 질렀어요. "내가 다시 한번 말하는데……"

"귀찮게 하지 마!" 마리네트가 딱 잘라 말했어요. "네 새끼들이나 찾으러 가라구. 우린 놀게 내버려 두고."

"말 잘했어. 내가 지금 내 새끼들을 기다리고 있거든. 내 새끼들이 버릇없는 두 여자아이와 같이 있게 하고 싶지 않아. 그러니 어서들 꺼지라구!"

"말도 안 돼. 우린 버릇없는 애들이 아니야!"

델핀이 맞서자 마리네트가 이렇게 말했어요.

"혼자 구시렁거리게 놔둬. 바보 같은 소리만 하는 털북숭이인데 뭐. 그런데 자기 풀밭이라는 게 도대체 무슨 소리지? 거위가 풀밭을 가질 수 있기나 한 것처럼 구네. 자, 공 던져. 2단 돌리기!"

마리네트가 한 바퀴 돌자 파란 체크무늬 앞치마가 무릎 위로 동그랗고 예쁘게 펼쳐졌어요. 델핀이 공을 던지기 위해 포즈를 취했어요.

"아, 그래!"

거위는 이렇게 말하고는 곧장 마리네트에게 달려가 커다란 주둥이를 쫙 벌리고, 있는 힘을 다해 마리네트의 종아리를 물어버렸어요. 마리네트는 몹시 아파했어요. 게다가 거위가 자기를 잡아먹는 줄 알고 더럭 겁이 나서 소리치고 발버둥 쳐댔으나 거위는 꿈쩍도 않고 더욱 세게 깨물었어요. 델핀이 달려와 거위를 떼어내려 했어요. 머리를 손바닥으로 때리고 날개와 발을 잡아당기자 거위는 더욱 화가 치밀

어 올랐죠. 마침내 거위가 마리네트의 종아리를 놓아주는
가 싶더니 이번에는 델핀의 다리를 물고 늘어지는 바람에
두 아이가 모두 울음을 터뜨리고 말았어요.

이웃 풀밭에서 회색 당나귀 한 마리가 울타리 밖으로 목
을 길게 빼낸 채 귀를 쫑긋거리고 있었어요. 당나귀는 여느
당나귀들이 다 그렇듯 온순하고 참을성 있는 아주 착한 당
나귀였어요. 당나귀는 아이들을, 특히 여자아이들을 좋아
했고, 아이들이 그의 귀를 보고 놀려대면 조금 마음이 아프
긴 했어도 절대로 화를 내지 않았어요. 오히려 부드러운 눈
길로 아이들을 바라보면서 마치 길고 뾰족한 귀가 자기에
게도 재미있다는 듯 웃어 보였답니다. 울타리 너머로 모든
것을 다 보고 들은 당나귀는 거위의 오만함과 심술에 화가
났어요. 아이들이 거위와 사투를 벌이는 동안 당나귀는 멀
리서 큰 소리로 외쳤습니다.

"거위 머리를 꽉 움켜잡고 빙빙 돌려버려. 아니, 아니! 머
리를 잡으라니까! 아이고, 울타리만 없어도……"

하지만 아이들은 정신이 없었던 터라 당나귀가 하는 말
을 전혀 알아들을 수 없었어요. 그래도 당나귀의 목소리 톤
을 들어보니 자기들 편이라는 것은 느낄 수 있었죠. 거위에

게서 벗어나게 되자 아이들은 곧바로 당나귀 곁으로 몸을 피했어요. 거위는 아이들을 쫓아가지는 않고 뒤에서 꽥꽥거리며 소리만 질렀어요.

"이 공은 내가 압수하겠어. 날 존중하는 법을 제대로 가르쳐주지!"

크게 호통을 친 거위는 부리에 공을 문 채 풀밭 한복판에서 빙글빙글 돌기 시작했어요. 몸을 한껏 부풀려 앞가슴을 있는 대로 내밀고, 고개는 뒤로 젖혀 날개 사이로 처박을 지경이었죠. 보고 있자니 기분이 불쾌해질 지경이었어요. 참을성 많은 당나귀도 끝내 참지 못하고 소리치고 말았어요.

"부리로 공을 물고 있는 저 바보 같은 놈 좀 보게. 저런, 잘난 척하기는…… 아이고! 한 달 전에 주인마님이 베개를 만들려고 가슴 털을 몽땅 뽑았을 때는 저리 으스대지 못하던 녀석이!"

화가 난 데다 자존심까지 상한 거위는 공을 삼킬 뻔했어요. 당나귀의 말은 승리의 기쁨을 앗아가버렸죠. 곧 그에게 수난의 시기가 다가오리라는 것을 상기시켰기 때문이에요. 1년에 두 번씩 농장 주인인 아이들 엄마가 거위의 가장 부드러운 앞가슴 털을 몽땅 뽑아가는 바람에, 암탉들이 가슴

털 다 빠진 그를 칠면조로 취급할 정도였거든요.

거위는 돌기를 멈추고 풀밭으로 다가오는 자기 가족들을 맞이했어요. 새끼 거위 여섯 마리가 엄마 거위의 지시를 따르고 있었어요. 새끼 거위들은 모두 착해 보였고 나무랄 데 하나 없었어요. 나이에 비해 조금 신중하고 진지한 듯 보였으나 그건 흠이라 할 수 없었죠. 노란색과 회색 빛깔의 솜사탕처럼 가벼운 깃털을 지니고 있었답니다. 아주 참한 모습의 엄마 거위는 아빠 거위의 으스대는 모습을 조금 거북스러워하며 연방 날개를 파닥이면서 아빠 거위에게 말했어요.

"에고…… 여보, 여보…… 에고…… 좀……"

하지만 아빠 거위는 이 만류의 말을 못 들은 척하고 있었어요. 여전히 부리로 공을 문 채 가족들을 풀밭 한가운데로 데려갔어요. 마침내 아빠 거위는 걸음을 멈추더니 공을 내려놓고는 새끼 거위들에게 말했어요.

"자, 이건 아빠 땅에서 아빠를 공경하지 않는 버릇없는 두 꼬마 여자아이한테서 빼앗은 공이야. 너희에게 줄 테니, 연못에 갈 때까지 기다리면서 잘 가지고 놀아라."

새끼 거위들은 공에 가까이 다가갔으나, 공을 어떻게 가지고 노는지 알지 못해서 별로 관심을 보이지 않았어요. 다른 새의 알로 착각한 새끼 거위들은 난처하다는 듯 이내 공에서 물러났어요. 아빠 거위는 몹시 불쾌한 기색을 보이며 역정을 냈어요. 새끼 거위들을 나무란 거죠.

"이런 바보 같은 녀석들을 보았나. 정말 한심하군. 장난 감을 가져다주었더니 고작 하는 짓이라고는. 자, 공놀이 방 법을 가르쳐줄 테니 잘 가지고 놀아봐!"

"에고…… 여보, 여보…… 아이 참……"

"아니, 지금 저 애들 편을 드는 거야? 당신도 와서 공놀이 를 해."

아빠 거위는 남들에게 그러듯이 가족들에게도 전혀 다정 하지 않았어요. 엄마 거위와 새끼 거위들에게 공놀이를 가 르쳐주는 동안, 아이들은 당나귀 곁으로 달려가 울타리 밑 으로 미끄러져 들어갔어요. 아빠 거위가 두 아이의 다리를 너무 세게 물었기 때문에, 둘 다 한쪽 다리를 질질 끌면서 걸어야 했죠. 둘 다 더 이상 울지는 않았지만 마리네트는 여 전히 코를 훌쩍이고 있었어요. 당나귀가 말했어요.

"저런 못된 놈 같으니! 아직도 분이 안 풀리네. 아이들이 주변에서 놀고 있으면 난 기분이 좋기만 하던데. 성미 고약 한 놈 같으니! 얘들아, 많이 다치지는 않았니?"

마리네트가 왼쪽 다리를 물려 빨갛게 남은 자국을 보여
주었어요. 델핀은 오른쪽 다리에 같은 자국이 나 있었고요.

"맞아요. 너무 아파요. 꼭 불에 덴 것 같아."

그러자 당나귀는 고개를 숙여 입으로 다리 상처를 불어
주었어요. 당나귀의 착한 마음 때문에 아이들은 거의 다 나
은 듯했어요. 아이들은 당나귀에게 고마워하며 당나귀의
목을 다정하게 쓰다듬어주었어요. 당나귀는 몹시 기뻐하며
말했어요.

"원한다면 내 귀를 만져봐도 돼."

아이들은 당나귀의 귀를 쓰다듬고는, 털이 너무 보드라
워 조금 놀랐어요. 당나귀가 수줍은 목소리로 말했어요.

"내 귀가 좀…… 길지?"

"응, 조금." 마리네트가 대답했어요. "그런데 아주 긴 건
아냐. 있잖아…… 너한테 잘 어울려."

"네 귀가 이렇게 길지 않았다면 지금처럼 널 좋아하지 않
았을 거야……"

델핀도 덧붙여 말했어요.

"정말 그렇게 생각해? 그럼 다행이다. 하지만……"

당나귀는 잠시 주저했으나 자기 귀 이야기로 아이들을

불편하게 하는 것 같아 화제를 다른 데로 돌렸어요.

"조금 전에 거위가 너희를 물었을 때 내가 한 말을 너희가 듣지 못한 것 같아. 거위의 머리를 잡고 빙글빙글 돌리라고 내가 소리소리 질렀거든. 잘 알아둬. 두 손으로 머리를 잡고 두세 바퀴를 돌리는 거야. 거위가 말을 듣게 하는 가장 좋은 방법이지. 땅에 두 다리로 다시 서는 순간, 어디가 어딘지 분간 못 하고 어지러워서 제대로 서 있지도 못할 거야. 이걸 교훈 삼아서 앞으로 다시는 사람을 물지 않겠지."

"아, 그거 좋은 생각이야. 하지만 머리를 붙잡으려다 손을 물릴 수도 있잖아……"

마리네트가 말했어요.

"맞아. 너희는 어린 애들이니까. 그래도 나라면 한번 해 볼 거야."

그러나 아이들은 거위가 너무 무섭다며 고개를 절레절레 흔들었어요. 갑자기 당나귀가 웃어젖히기 시작했어요. 당나귀가 미안하다면서, 풀밭에서 가족들과 공놀이하는 거위를 가리켰어요.

아빠 거위는 엄마 거위를 밀치고 새끼들을 구박해가며 거들먹거리고 있었어요. 식구들 중에서 자신이 제일 못하면서도 말끝마다 "나 하는 걸 잘 봐라…… 날 본받으라니까……" 하고 덧붙이곤 했죠. 물론 공을 던질 수는 없었기 때문에 발로 차기만 할 뿐이었어요. 델핀과 마리네트, 당나귀는 이때다 싶어 배꼽을 잡고 큰 소리로 웃음을 터뜨리며 기회를 놓치지 않고 "공을 놓쳤지롱!" 하면서 놀려댔어요. 거위는 자신의 서투름을 인정하려 들지 않았고 웃음도 놀림도 못 들은 척했습니다. 열 번을 놓친 끝에 마침내 공을 잡게 되자 마치 뭐든 다 할 수 있는 양, 새끼들에게 말했어요.

"이젠 너희에게 '2단 돌기'를 보여주마. 여보, 당신이 나한테 공을 던져줘…… 자, 날 잘 봐라."

아빠 거위는 이미 한 발로 공을 찰 준비가 된 엄마 거위로부터 몇 발짝 물러서 있었어요. 모든 시선이 자신에게 집중되었음을 확인한 다음, 앞가슴을 쭉 내밀어 부풀리고는 소리를 질렀어요.

"준비됐나?…… 2단 돌기!"

엄마 거위가 공을 보내는 사이, 아빠 거위는 두 아이가 노는 모습을 본 그대로 제자리를 빙빙 돌았어요. 처음엔 천천히 돌았으나, 당나귀가 더 빨리 돌라고 소리 지르자 거위는 미처 멈출 새도 없이 빠른 속도로 내리 세 바퀴를 돌고 말았답니다. 불쌍하게도 반쯤 혼이 나간 아빠 거위는 고개를 아래위로 흔들더니 어지러운 듯 비틀거리며 몇 걸음 걸어나갔어요. 왼쪽으로 쓰러질 듯, 다시 오른쪽으로 쓰러질 듯 하다가 끝내는 눈알이 뒤집힌 채 바닥에 납작하게 뻗고 말았어요. 당나귀는 어찌나 웃어대는지 네 다리를 하늘로 쳐들고 발랑 나자빠져 데굴데굴 구르고 있었어요. 아이들도 당나귀 못지않게 깔깔댔으며, 아빠 거위를 존경하는 새끼들조차 앞가슴 털에 부리를 푹 처박은 채 키득거리지 않을 수 없었어요. 웃음이 내키지 않는 것은 엄마 거위뿐이었어요. 엄마 거위는 아빠 거위에게 몸을 숙여 작은 목소리로 어서 일어나라고 재촉했어요.

"여보, 아이고 정말이지…… 이러면 어떡해요…… 남들이 다 보잖아요……"

아빠 거위는 일어나 똑바로 설 수 있었으나, 여전히 머리가 어지럽고 한동안 목소리도 나오지 않았어요. 이윽고 부리를 벌리고는 자신의 실수에 대해 변명을 늘어놓기 시작했어요.

"그것 봐. 이건 거위가 할 놀이가 아냐."

마리네트는 공을 돌려달라고 요구하며 말했습니다.

"아빠 거위에게는 더더욱 아니지. 방금 전에 잘 봤어. 너무 우스꽝스러웠던 거 알지? 자, 공을 돌려주라고."

당나귀도 거들었어요. 그러자 아빠 거위가 대뜸 맞섰어요.

"내가 압수한다고 말했을 텐데. 난 두 번 말하지 않아!"

"네가 난폭하고 거짓말쟁이인 줄은 진작부터 알고 있었지만, 이젠 도둑질까지 하는구나!"

"난 훔친 게 하나도 없어! 내 땅에 들어온 건 다 내 거야! 날 좀 내버려 둬! 내가 당나귀 같은 멍텅구리한테 훈계받을 처지는 아니거든!"

아빠 거위의 이 마지막 말에 당나귀는 고개를 숙인 채 아무 말도 하지 못했어요. 가슴 아픈 것은 둘째 치고, 너무 창피해서 두 아이를 곁눈질로 슬쩍 훔쳐보고는 어쩔 줄 몰라 했어요. 하지만 정작 델핀과 마리네트는 공을 빼앗긴 것에만 정신이 팔려 거위의 말에는 신경 쓸 틈이 없었죠.

아이들이 다시 한번 공을 돌려달라고 했으나, 아빠 거위는 들은 척도 하지 않았어요. 그러고는 가족들과 함께 연못으로 갈 채비를 하더니, 엄마 거위에게 공을 부리로 물라고 명령조로 말했어요. 연못은 숲 가의 풀밭 뒤편에 있었으므로, 엄마 거위는 새끼들과 함께 델핀과 마리네트 그리고 당나귀가 있는 울타리 앞으로 줄줄이 지나가고 있었어요. 바로 그때 호기심 많은 한 새끼 거위가, 엄마 거위가 부리로 물고 있는 공을 가리키며 어느 새가 낳은 알이냐고 물었어요. 형제들이 꽥꽥대며 웃기 시작했고, 아빠 거위는 엄하게 말했어요.

"시끄러워! 너희가 당나귀냐!"

아빠 거위는 옆을 쳐다보며 일부러 크게 말했어요. 당나귀는 가슴에 못이 박혔죠. 당나귀는 자신이 얼마나 괴로운지 보여주고 싶지 않았지만, 기다란 양쪽 귀가 아래로 축 처지고 커다란 눈에는 눈물이 고여 반짝였으며 무릎은 덜덜 떨리고 있었어요. 그럼에도 당나귀는 울음보를 터뜨리기 직전인 아이들을 보면서 자신의 슬픔은 잊은 채 아이들을 위로하려 애썼어요. 마리네트가 이미 훌쩍이고 있었거든요.

"아직 공을 완전히 뺏긴 게 아냐. 어떻게 해야 할지 알려줄게. 잠시 후 거위가 물속으로 들어갈 때, 너희도 연못으로 가는 거야. 거위는 틀림없이 연못가에 공을 놔둘 테니까 그

때 집어 오기만 하면 돼. 언제쯤 가야 할지는 내가 말해줄게. 그때까지 우리 얘기 좀 할까? 내가 하고 싶은 말은……"

당나귀는 한숨을 내쉬었고 목소리를 가다듬느라 몇 번 헛기침을 했어요. 어색해하는 듯 보였어요.

"그러니까…… 조금 아까 말이야…… 거위가 날 멍텅구리라고 했잖아. 아, 사실 그게 당나귀의 또 다른 이름처럼 쓰이는 걸 나도 알고 있어. 그런데 그 특유의 말투가 있잖아. 그리고 우리 앞을 지날 때 새끼들에게 '너희가 당나귀냐!'라고 말했어. 마치 바보라는 듯이. 기억나니? 난 사람들이 바보를 가리킬 때 왜 항상 '쟤는 당나귀야' 하고 말하는지 알고 싶어."

두 아이는 얼굴을 붉히지 않을 수 없었어요. 자신들도 늘 사용하던 욕이었기 때문이에요. 당나귀가 다시 말했어요.

"그리고 학교에서 수업 내용을 이해하지 못하는 아이가 있으면, 선생님이 아이에게 당나귀 모양의 모자를 씌워서 한쪽 구석으로 보내 벌을 세운다고 하더군! 마치 세상에 당나귀보다 더 멍청한 건 없다는 듯 말이야! 이게 얼마나 내 심기를 불편하게 하는지 너희는 이해하리라 생각해."

"사실 그건 옳지 않아."

델핀이 대답했어요.

"내가 저 거위보다 더 멍청하다고 생각하는 건 아니지?"

"아냐. 아니고말고……"

아이들은 부인했지만, 사실 지금까지 당나귀들의 바보짓 거리에 대해 너무 많이 들어온지라 대답에 확신이 없었어요. 당나귀는 자신의 억울하고 부당한 이 상황을 아이들에게 설득시키지 못했음을 알아차렸어요. 두 아이는 증거 없이는 절대로 믿지 않을 테니까요.

"그래, 할 수 없지." 당나귀는 긴 한숨을 내쉬었어요. "할 수 없어…… 얘들아, 이젠 연못으로 가야 할 시간인 것 같아. 행운을 빈다. 혹시 성공하지 못할 경우엔 내게 알려주렴."

연못에 도착한 아이들은 공을 되찾겠다는 희망을 버려야 했어요. 아빠 거위는 당나귀가 말한 것처럼 멍청하지 않았거든요. 연못 가운데에서 공을 자기 옆에 놔두는 신중한 면이 있었던 거죠. 공은 방금 전 풀밭에서보다 훨씬 더 재미나게 놀고 있는 새끼 거위들 옆에 동동 떠 있었어요. 거위들은 누가 먼저 공을 잡나 내기도 하고 공을 날갯죽지 아래 숨기기도 하며 놀고 있었어요. 다른 때 같으면 아이들도 거위들이 노는 것을 바라보며 즐거워했을 거예요. 아빠 거위는 더 이상 방금 전 풀밭에서 우스꽝스러워 보이던 그 몸짓 서투른 거위가 아니었어요. 여유롭게 헤엄치는 아빠 거위는 우아하고 품위도 있어 보였어요. 마치 커다란 변신이라도 한 듯했죠. 아이들은 화가 났지만 아빠 거위를 보고 감탄하지 않을 수 없었어요. 하지만 못된 성질은 조금도 잃지 않은 채 공을 가리키며 아이들을 향해 소리 질렀어요.

"아하! 너희는 내가 공을 강 언덕배기에 놔두었을 거라 생각했겠지? 나는 그렇게 어리석지 않아요! 아주 안전한 곳에 놔뒀지요! 너희는 이제 절대로 공을 가져갈 수 없어!"

연못에 도착했을 때 아빠 거위는 공이라면 지긋지긋해져서, 공이 마치 조약돌처럼 물속에 가라앉을 거라 생각하고는 공을 물속으로 던져버렸어요. 하지만 아이들에게는 이 말을 하지 않았어요. 처음에는 공이 물 위에 떠서 깜짝 놀랐지만 새끼들 앞에서 놀란 티를 내기에는 거위 자존심이 허락하지 않았죠. 델핀은 다시 한번 아빠 거위의 마음을 누그러뜨리려고 애쓰면서 부드럽게 말했어요.

"자, 거위야, 이성적으로 행동해야지. 공을 돌려주렴. 부모님께 우리가 혼나거든."

"너희가 야단을 맞는다면 그거 참 잘된 일이지. 내 땅에서 까불다간 어떻게 되는지 똑똑히 알게 될 테니까. 너희 부모님을 만나게 되면, 딸들을 버릇없이 키웠다고 한마디 해주겠어. 혹시 내 새끼들이 주인 허락도 없이 자기들 집에 들어가 논다면 얘들을 어떻게 했을지 한번 보고 싶군. 다행히 내 새끼들은 예절을 지킬 줄 알지. 다 나한테 배운 거야!"

"시끄러워! 너는 그저 멍텅구리 당나귀 같은 소리나 해대는군!"

마리네트는 어깨를 들썩이며 말을 내뱉었어요. 그리고 이내 당나귀가 들으면 섭섭해할 말을 한 것이 후회되어 입술을 깨물었고요. 그때 거위가 소리쳤어요.

"멍텅구리 당나귀 같은 소리라고? 이 버르장머리 없는 것들 같으니! 종아리를 다시 손봐주지! 물에서 나갈 때까지 기다려!"

아빠 거위는 어느새 연못가로 다가오고 있었어요. 거위 부리에 물린 자국이 아직도 다리에 남아 있는 아이들은 걸음아 날 살려라 도망쳤어요. 아빠 거위가 외쳤어요.

"그래, 달아나는 게 좋을 거다. 피가 나도록 물어주려 했으니까! 공을 다시 만져보는 건 꿈도 꾸지 마! 기가 막힌 비밀 장소를 내가 생각해뒀거든! 웬만해선 거길 절대 찾아낼 수 없지!"

마리네트는 자기도 모르게 튀어나온 몹쓸 말 때문에 후회하고 있었으므로, 집에 돌아가는 길에 차마 당나귀 쪽으로 지나가지 못했어요. 게다가 날씨도 갑작스럽게 바뀌어 몹시 추웠어요. 하늘에는 구름 한 점 없었지만 종아리를 에는 듯한 얼음 바람이 북쪽에서 불어닥쳤어요. 델핀과 마리네트는 야단맞을 각오를 하고 있었으나, 엄마 아빠는 아이들이 공 없이 돌아온 것에 대해 신경을 쓰지 않았어요. 아빠가 말했어요.

"이 계절에 이렇게 추운 건 또 처음이군. 틀림없이 오늘 밤 바위에 금이 가도록 꽁꽁 얼어붙겠어."

"다행히 추위가 오래가진 않을 거야. 아직은 너무 일러."

엄마가 대답했어요.

연못에서 나온 거위 가족이 당나귀가 있는 울타리 앞을 다시 지나가고 있었어요. 엄마 거위가 부리로 아이들의 공을 물고 있었고 새끼들은 날씨가 쌀쌀하다고 아빠 거위에게 투정을 부리고 있었어요. 당나귀가 말했어요.

"이런 이런, 아직도 공을 돌려주지 않았군그래. 하지만 내일은 꼭 돌려주길 바라네."

"내일도 모레도 안 돌려줄 거야. 내가 꼭 가지고 있다가 나의 이 발로, 나만 아는 확실한 장소에 숨겨두려고."

아빠 거위가 대꾸했어요.

"거위의 비밀 장소라…… 뭐 대단한 게 있을까!"

"어쨌거나 너 같은 멍텅구리 당나귀는 절대 찾을 수 없을걸!"

"푸!" 당나귀가 코웃음을 치며 대답했어요. "별로 찾고 싶지도 않아. 힘들이지 않고도 얼마든지 공을 내놓도록 만들 수 있거든!"

"아이고, 그거 참으로 궁금하구먼!"

아빠 거위가 깐죽거리며 비웃듯 말했어요. 가족들 쪽으로 다가가던 거위는 몇 발짝 가다가 갑자기 생각난 듯 심술궂게 내뱉었어요.

"저 두 계집애는 정말이지 잔망스러워. 방금 전에도 멋대로 지껄이던 누군가에게 '시끄러워, 멍텅구리 당나귀 같은 소리 하고 있네!'라고 얘기하는 걸 들었지. 그래, 그렇게 말하더라니까!"

"그리고 그 멋대로 지껄인 누군가는 틀림없이 너였겠지!"

아빠 거위는 대꾸하지 않고 떠났지만 분하고 화난 빛이

역력했지요. 혼자 남은 당나귀는 아이들이 한 말에 대해 한참 동안 생각했어요. 몹시 마음이 아팠지만, 워낙 마음이 착한지라 당나귀는 아이들을 전혀 원망하지 않았답니다.

순간, 당나귀는 혼자 킥킥거리며 웃기 시작했어요. 귀 끝을 에는 차가운 바람에 한 가지 묘안이 떠올랐기 때문이에요.

다음 날 아침, 당나귀는 일찍부터 자기 쪽 풀밭에 나가 있었어요. 날씨는 최근 들어 가장 혹독하리만큼 추웠죠. 당나귀는 몸을 녹이기 위해 네 다리로 경중경중 맨손체조를 하면서 울타리 가장자리에 서 있었어요. 그때 델핀과 마리네트가 학교에 가는 것을 보고는 아이들을 불렀어요. 아이들은 거위가 아직 풀밭에 나오지 않은 것을 확인하고 나서, 당나귀에게 가서 인사했어요.

"너희 부모님께 야단맞았니?"

당나귀가 물었어요.

"아니." 마리네트가 대답했어요. "아직 공 잃어버린 것도 모르셔."

"그럼 안심하렴. 내일 저녁이면 틀림없이 공을 돌려받을 수 있어!"

아이들이 떠난 지 채 5분도 안 되어 엄마 거위와 새끼들을 거느리고 제일 앞장서 걸어가는 아빠 거위의 모습이 당나귀 눈에 들어왔어요. 당나귀는 거위 식구들에게 인사하고 나서 이렇게 일찍 어딜 가느냐고 엄마 거위에게 물었어요.

"아침 목욕을 하러 연못에 가요."

엄마 거위가 대답했어요.

"거위 부인, 정말 미안한 말이지만 전 부인의 가족들이 오늘 아침 목욕을 못 하게 하기로 결정했답니다."

당나귀가 말했어요.

"네가 결정만 하면 내가 네 말을 무조건 따를 거라 믿는 건가?"

아빠 거위가 코웃음을 치며 불쌍하다는 듯 말했어요.

"자네 마음이 어떤지는 내가 알 수 없지만 내 말에 따라야 할걸세. 어젯밤에 내가 연못을 덮어놓았네. 아이들한테 공을 돌려주기 전에는 절대로 연못을 열어주지 않을 거야."

아빠 거위는 당나귀가 제정신이 아니라고 생각하며 새끼들에게 말했어요.

"자, 목욕하러 가자. 내가 왜 저런 멍텅구리의 말을 듣고 있어야 하는지 모르겠구나."

연못에 도착했을 때, 새끼들은 물 위가 저렇게 매끈하고
반짝이는 걸 본 적이 없다며 좋아라 하고 꽥꽥거렸어요. 아
빠 거위는 얼음이란 걸 보기는커녕 들은 적도 없었지요. 지
난겨울은 날이 어찌나 포근했던지, 얼어붙은 곳이 그 어디
에도 없었던 거예요. 물이 평소보다 더 맑아 보여서 거위는
기분이 좋아졌어요.

"시원하게 목욕 좀 해볼까!"

아빠 거위가 말했어요. 언제나처럼 맨 먼저 연못으로 들
어가던 아빠 거위는 놀라 비명을 지르고 말았어요. 물속으
로 들어간 대신, 돌처럼 단단한 물 위를 계속 걷고 있었던
거죠. 뒤에서는 엄마 거위와 새끼 거위들이 놀라 멍하니 쳐
다보고만 있었어요.

"그 망할 당나귀가 정말로 연못을 덮어놨나?" 아빠 거위
가 중얼거렸어요. "에이, 말도 안 돼…… 좀더 멀리 가서 물
을 찾아봐야겠군."

거위 가족은 연못을 몇 번씩이나 왔다 갔다 해보았지만,
발밑으로는 온통 차가운 쇠붙이의 느낌만 전달될 뿐이었
어요.

"연못을 덮어버렸다더니, 정말인가!"

아빠 거위가 중얼거렸어요.

"에휴, 어쩜 좋아!" 엄마 거위가 한숨을 내쉬며 말했어요. "하루 종일 목욕을 못 한다는 건 말도 안 돼요. 특히 우리 새끼들에게는. 아이들한테 공을 돌려줘야 할 것 같아요!"

"가만 좀 있어봐! 내가 다 알아서 할 거니까. 특히 이 일에 관해선 입 다물고 있어. 내가 멍텅구리 당나귀한테 한 방 얻어맞았다는 걸 주변에서 알지 못하도록 모두 입 조심하라고!"

거위 가족은 안마당에 들어와서는 한구석으로 숨어들었어요. 울타리 앞을 지날 때 멀찌감치 돌아서 왔음에도, 당나귀가 알아보고 큰 소리로 외쳤어요.

"공을 돌려줄 건가? 내가 연못을 열어줘야 하나?"

바로 항복하자니 자존심이 너무 상한 거위는 대꾸도 하지 않았어요. 아침 내내 누르락푸르락 기분 나쁜 표정을 지은 채 모이에는 입도 대지 않았죠.

오후가 되자 거위는 당나귀가 연못을 덮었다는 게 정말 가능한 일인지, 혹 꿈을 꾼 건 아닌지 의심스러웠어요. 한참을 주저하다가 연못에 다시 가보기로 했죠. 꿈을 꾸지 않은 것은 확실했어요. 연못은 단단히 덮여 있었어요. 아빠 거위가 연못과 풀밭을 오갈 때마다, 공을 돌려줄 결심이 섰냐고 당나귀가 계속해서 끈질기게 물어댔어요.

"너무 늦지 않게 결심하는 게 좋을 거야!"

하지만 아빠 거위는 고개를 꼿꼿이 세운 채 지나갔어요. 마침내 다음 날 아침, 제 쪽에서 먼저 협상 카드를 내놓고 싶지 않았던 아빠 거위는 엄마 거위를 대신 당나귀에게 보냈어요. 델핀과 마리네트도 마침 그 자리에 있었어요. 어제보다 추위가 풀려 연못의 얼음은 벌써 녹아 있었죠.

"죄송하지만 부인(당나귀는 화난 척해 보였어요), 공을 돌려주시기 전에는 아무 말도 듣고 싶지 않습니다. 가서 남편에게 전하세요. 부인같이 좋은 분에겐 참 죄송합니다만, 댁의 남편이란 거위는 온 식구들을 애먹이는 고집불통이군요."

엄마 거위는 시무룩한 표정으로 고개를 숙인 채 터덜터덜 돌아갔고, 웃고 싶은 걸 참느라 애먹은 아이들은 배꼽이 빠지도록 웃어젖혔어요. 델핀이 말했어요.

"공을 돌려주기로 결심하기 전에 거위가 연못을 둘러보지 말아야 할 텐데…… 얼음 뚜껑이 녹고 있는 걸 보면 큰 일이잖아."

"걱정할 것 없어. 공을 가지고 나타날 테니. 두고 봐."

당나귀가 말했어요. 아닌 게 아니라, 오래지 않아 아빠 거위가 식구들을 거느린 채 앞장서서 나타났죠. 아빠 거위는 공을 부리에 물고 있다가, 울타리 건너편으로 휙 집어던졌어요. 마리네트가 공을 주웠어요. 아빠 거위가 연못으로 가려 하자, 당나귀가 쌀쌀맞은 말투로 불러 세웠어요.

"이것으로 끝이 아냐. 이제 이 아이들에게 사과해. 지난번에 네가 다리를 물었잖아."

"오, 아냐, 아냐. 괜찮아. 그럴 필요 없어."

아이들은 극구 사양했어요. 그러자 당나귀가 말했어요.

"무슨 소리야! 사과해야 해. 너희한테 용서를 빌기 전까진 연못을 안 열 거야."

"뭐야! 나더러 사과를 하라고? 천만에! 절대 못 해! 차라리 내 평생 목욕을 안 하고 말겠어!"

거위가 소리쳤어요. 아빠 거위는 그길로 가족들을 모두 데리고 왔던 길로 되돌아가 농장 안마당에 도착해서는, 진흙탕 속에서 철벅거리며 연못을 잊으려 했어요. 아빠 거위는 일주일을 꿋꿋하게 버텨냈어요. 마침내 사과하기로 결심한 것은 연못의 얼음이 다 녹고도 엿새가 지나서였어요. 날씨가 어찌나 따뜻한지 봄날 같았어요.

"너희 다리를 문 것 용서해줘." 아빠 거위는 제 분을 못 이겨 약간 더듬거리기까지 했어요. "맹세코 다, 다신 안 그럴게……"

"그래, 잘했어. 그렇게 해야지. 연못을 열어주지, 어서 가서 목욕해."

그날 아빠 거위는 아주 오랫동안 목욕을 즐겼어요. 아빠 거위가 농가로 돌아왔을 때는 당나귀에게 봉변당한 소문이 온 집안에 퍼져 모든 동물의 놀림감이 되었죠.

모두가 아빠 거위의 멍청함과 당나귀의 영리함에 놀라워 했어요. 이날 이후로 '멍텅구리 당나귀'라는 말은 사라져버렸어요. 반대로 누군가의 영리함을 칭찬해주고자 할 때, '당나귀처럼 슬기롭다'고 말하게 되었답니다.

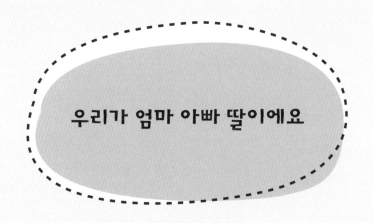

우리가 엄마 아빠 딸이에요

델핀과 마리네트는 이미 각자 자기 침대에 누워 있었지만 방 안으로 들어오는 환한 달빛 때문에 쉽게 잠들지 못했어요.

"내가 뭐가 되고 싶은 줄 알아?" 마리네트가 먼저 말했어요. "말. 그래, 말이 되고 싶어. 단단한 네 발굽이랑, 갈기랑, 치렁치렁한 꼬리를 가진 멋진 말. 그래서 누구보다 힘차게 달리고 싶어. 물론, 당연히 백마가 되고 싶지."

델핀이 바로 응해주었어요.

"난 그렇게까지는 바라지도 않아. 이마에 하얀 점이 있는 잿빛 당나귀 정도라도 좋겠어. 그럼 나도 발굽이 넷이겠네. 그리고 재미 삼아 쫑긋거릴 수 있는 커다란 두 귀랑, 특히 착해 보이는 눈이랑."

둘은 한동안 얘기를 더 나누었고, 다시 한번 소원을 비는
순간 잠이 찾아들었어요.

그사이 마리네트는 말이, 델핀은 이마에 하얀 점이 있는
잿빛 당나귀가 되었고 달님은 한 시간쯤 후 잠이 들었어요.
뒤이어 지금껏 한 번도 본 적이 없는 검고 짙은 어둠이 펼쳐
졌죠.

다음 날, 마을 사람들 중에는 지난밤 어둠 속에서 쇠고랑
이 철커덩거리는 듯한 소리, 잔잔한 음악 같기도 하면서 폭
풍우가 이는 듯한 바람 소리를 들었다는 이들이 있었어요.
경험 많은 고양이는 아이들 방 아래 창가를 여러 번 지나다
니면서 있는 힘을 다해 야옹 하고 아이들을 불러보았지만,
깊은 잠에 빠진 아이들은 깨어날 줄 몰랐어요. 고양이가 개
를 보내보았지만 별수 없긴 마찬가지였지요.

늦잠에서 깨어났으나 여전히 눈은 반쯤 감은 상태였던
마리네트는 언니의 침대 베개 위로 털북숭이의 커다란 두
귀가 움찔하며 실룩거리는 것을 본 듯했어요. 마리네트 자
신도 침대보와 이불에 둘둘 감긴 채 몸이 거북해서 잠을 설
친 느낌이었죠. 그러다 보니 너무 졸려서, 궁금한 것도 잊은

채 눈꺼풀이 스르륵 감겨버렸어요. 잠에 취한 델핀도 동생의 침대 쪽으로 언뜻 눈길을 던졌어요. 침대 위가 이상하리만치 부풀어 올라 있다고 생각했지만 델핀 역시 그대로 잠이 들고 말았어요.

잠시 후 화들짝 놀라 잠에서 깨어난 아이들이 자기 얼굴을 살펴보기 시작했어요. 얼굴의 아랫부분이 길어지고 생김새도 달라진 것 같았어요. 마리네트의 침대 쪽으로 고개를 돌린 델핀은 비명을 지르고 말았죠. 베개 위에 있는 줄 알았던 금발 머리는 온데간데없이 사라지고, 대신 말 머리 하나가 얹혀 있었거든요. 마리네트 역시 마주 보이는 당나귀 얼굴에 놀라 비명을 내질렀어요. 두 자매는 커다란 눈알을 굴리며 침대 밖으로 목을 쑥 내민 채, 서로를 좀더 가까이에서 찬찬히 뜯어보며 자신들에게 무슨 일이 일어난 것인지 이해하려고 애를 썼어요. 언니와 동생은 어디 가고 웬 짐승이 대신 침대를 차지하고 있는 걸까 하고 각자 생각했죠. 마리네트는 하마터면 웃음을 터뜨릴 뻔했지만, 자신을 살펴본 순간 불룩한 앞가슴과 말굽, 털로 뒤덮인 네 다리를 보고는 전날 밤의 소원이 이루어진 것임을 깨달았어요. 델핀 역시 자신의 잿빛 털과 말굽 그리고 하얀 홑이불에 드리워진 길쭉한 두 귀의 그림자를 발견한 순간 실상을 알아차렸고요. 델핀의 부드러운 입술 사이로 커다란 한숨이 새어 나왔어요.

"네가 마리네트니?"

델핀이 자신에게도 낯선, 떨리는 목소리로 동생에게 물었어요. 마리네트가 대답했어요.

"응, 델핀 언니야?"

둘은 어렵사리 침대에서 내려와 네 다리를 딛고 섰어요. 예쁘장한 당나귀가 된 델핀은 건장한 페르시아 말로 변한 동생보다 머리 하나만큼이 작았어요. 델핀이 동생에게 말했어요.

"털이 정말 멋져. 네가 네 갈기를 보면 아주 맘에 들어 할 텐데……"

하지만 불쌍한 말은 달리기 같은 건 전혀 생각하지 않고 있었어요. 전날 밤 머리맡에 개켜 둔 어여쁜 드레스를 바라보면서, 다시는 저 드레스를 입지 못할 거란 생각에 슬퍼하며 네 다리를 부들부들 떨었죠. 잿빛 당나귀는 말을 위로해 주려고 최선을 다했으나, 그 어떤 말도 아무 소용이 없음을 깨닫자 자신의 주둥이와 길고 보드라운 귀로 동생의 목덜미를 쓰다듬어주었어요.

엄마가 아이들 방으로 들어왔을 때, 말이 당나귀 머리 위에 자기 머리를 포갠 채 서로 부둥켜안고 있었어요. 엄마가 들어온 것을 알고도 둘은 감히 눈을 뜨지 못했어요. 딸들이 엄마 아빠가 키우지도 않는 짐승을 두 마리나 방에 들여놓을 생각을 했다는 것이 이상했던 엄마는 몹시 언짢은 기색으로 소리쳤어요.

"이런 정신 나간 애들이 있나! 도대체 어디 있는 거야? 옷이 의자에 그대로 걸쳐 있는 걸 보니 방 안에 숨어 있는 거겠지. 얼른 나오지 못해! 엄마가 지금 장난칠 기분이 아니거든!"

그러나 아무도 나타나지 않자 엄마는 두 딸의 침대를 더듬기 시작했어요. 침대 밑을 들여다보느라 몸을 숙였을 때, 중얼거리는 소리가 들렸어요.

"엄마…… 엄마……"

"그래 그래, 듣고 있어. 자, 어서 나와. 다시 말하는데, 엄마가 지금 기분이 좋지 않아."

"엄마…… 엄마……"

목소리가 또다시 들려왔어요. 작고 조금 쉰 듯한 목소리라 엄마는 알아듣기 힘들었어요. 방에서 아이들을 찾아내지 못하자 엄마는 동물들에게 물어볼 요량으로 뒤돌아섰어요. 순간 자신에게 못 박힌 당나귀와 말의 슬픈 눈빛에 우선 당황했어요. 먼저 말을 꺼낸 것은 당나귀였어요.

"엄마…… 마리네트도 델핀도 찾지 마세요……" 당나귀가 말했어요. "여기 이 말이 마리네트고, 저는 델핀이에요."

"도대체 무슨 소릴 하는 거야? 너희가 내 딸이 아니란 건 뻔히 보이는데!"

"아니에요, 엄마……" 마리네트가 말했어요. "우리가 엄마 딸들이에요……"

엄마는 마침내 델핀과 마리네트의 목소리를 알아듣게 되었어요. 아이들은 엄마의 어깨에 고개를 기댄 채 엄마와 함께 한참을 울었어요. 엄마가 말했어요.

"잠시 여기 있어보렴. 아빠를 불러오마."

곧 아빠가 달려왔어요. 아빠는 한바탕 울고 난 다음, 동물로 변해버린 딸들에게 새로 필요한 생활환경에 대해 생각하기 시작했어요. 우선 두 딸을 방 안에 머물게 할 수가 없었죠. 몸집이 커져버려서 방 안이 지나치게 비좁았기 때문이에요. 엄마 아빠가 해줄 수 있는 최선책은 향긋한 마른

풀 잠자리에다 여물통을 꼴로 가득 채운 마구간에서 살게 하는 것이었어요. 당나귀와 말로 변해버린 아이들을 따라 마당으로 가던 아빠는 말을 바라보다가 무심코 중얼거렸어요.

"흐음, 정말 멋진 말이군."

날씨가 좋을 때면 말과 당나귀는 마구간에 머물러 있지 않고 초원으로 나와 풀을 뜯거나, 여자아이였던 시절에 대한 이야기로 시간을 보내곤 했어요.

"기억나니?" 말이 말했어요. "언젠가 이 풀밭에 있을 때 거위가 우리 공을 빼앗아 간 적이 있었어."

"맞아, 그리고 우리 종아리를 물었었지……"

그러고 나서 말과 당나귀는 펑펑 울어버리고 말았어요. 엄마 아빠가 식사를 할 때면, 둘은 부엌 안의 개 옆자리에 앉아 따뜻한 눈빛으로 엄마 아빠의 동작 하나하나를 좇곤 했어요. 그런데 며칠이 지나자 엄마 아빠는 둘이 너무 크고 거추장스러워서 부엌 안에 자리를 내주는 것이 적절하지 않다고 여기게 됐어요. 그 후로 말과 당나귀는 몸은 마당에 둔 채 창문으로 고개를 들이미는 것에 만족해야 했죠. 엄마 아빠는 델핀과 마리네트에게 벌어진 일에 여전히 마음

아파했으나, 한 달이 지나자 더 이상 이 일에 대해 생각하지 않았고 말과 당나귀의 모습에 아주 익숙해졌어요. 솔직히 말하자면, 신경을 덜 쓰게 되었죠. 엄마는 처음 며칠 동안과는 달리, 마리네트가 매던 리본으로 말의 갈기를 땋아주거나 당나귀의 다리에 손목시계를 채워준다거나 하지 않게 되었어요. 하루는 언짢은 기색으로 점심을 먹던 아빠가 창문으로 빠끔히 고개를 내민 두 짐승을 바라보다 대뜸 소리를 질렀어요.

"너희, 둘 다 거기서 비켜! 부엌 안을 들여다보는 건 짐승들이 할 일이 아니지! 그리고 하루 종일 시도 때도 없이 마당 안을 어슬렁거리는 건 뭐 하는 짓이야? 집안 꼴이 도대체 어떻게 돼가는 건지…… 어제는 꽃밭에 있는 걸 봤는데, 그건 더더욱 기가 막힐 노릇이지. 이제부턴 풀밭이나 마구간 안에 있도록 해!"

아이들은 그 어느 때보다도 더 슬픈 얼굴로 고개를 떨군 채, 부엌 창가에서 멀어져갔어요. 그 후로 아빠와 마주치지 않도록 각별히 주의하며, 아빠가 마구간에 자리를 깔아주러 올 때나 보곤 했어요. 엄마 아빠는 전보다 더 무섭게 느껴졌고, 아이들은 잘못한 것도 없는데 죄책감을 느껴야 했

어요.

풀밭에서 풀을 뜯던 어느 일요일 오후, 둘은 알프레드 삼촌이 오는 것을 보았어요. 삼촌은 멀리서부터 엄마 아빠에게 소리쳤어요.

"잘 있었나! 알프레드라네! 인사나 하고 아이들한테 뽀뽀해주려고 들렀지…… 그런데 애들이 안 보이네?"

"운이 없으시네요, 마침 잔 숙모한테 가 있어요!"

엄마 아빠가 대답했습니다. 말과 당나귀는 알프레드 삼촌에게 꼬마들이 집을 떠나지 않았다고, 지금 삼촌의 눈앞에 이렇게 불쌍한 두 짐승들로 변해 나타났다고 알려주고 싶었어요. 삼촌이 이 사실을 안다고 자신들의 처지가 달라질 리야 없겠지만 그래도 함께 울어줄지 모를 일이었고, 그러면 조금이나마 위로가 될 수 있으니까요. 하지만 둘은 엄마 아빠를 화나게 할까 봐 감히 말을 꺼내지 못하고 있었답니다.

"이런." 삼촌이 말했어요. "우리 두 금발 귀염둥이를 못 봐서 섭섭하구먼…… 그런데 가만있자. 멋있는 말에 예쁘장한 당나귀가 있군. 본 적이 없는 놈들인데, 지난번 편지에도 아무 말 없었잖아."

"마구간에 온 지 한 달도 안 됐어요."

말과 당나귀를 쓰다듬던 알프레드 삼촌은 둘이 따뜻한 눈빛을 보내며 쓰다듬어달라고 앞다퉈 고개를 내미는 모습에 깜짝 놀랐어요. 말이 무릎을 살짝 굽히며 말할 때는 더더욱 놀랐죠.

"삼촌, 피곤하시겠어요. 제 등에 올라타세요. 부엌까지 모셔다드릴게요."

그러자 당나귀도 말했어요.

"우산 이리 주세요. 들고 계시면 불편하시잖아요. 제 귀에 거시든가요."

"너희 참 상냥하구나. 하지만 부엌까지는 금방이라 일부러 수고하지 않아도 돼."

"오히려 저희에게 기쁜 일인걸요……"

당나귀가 한숨을 쉬었어요. 그러자 엄마 아빠가 당나귀의 말을 단번에 잘라버렸죠.

"자, 그만! 너희 삼촌을 가만 놔두렴. 어서 풀밭으로 돌아가. 삼촌도 너희를 충분히 보셨어."

자신을 가리켜 당나귀와 말에게 '너희 삼촌'이라고 하는 것을 듣자, 알프레드 삼촌은 약간 놀랐어요. 하지만 두 동물이 친근하게 느껴진 터라 기분은 전혀 상하지 않았죠. 집 쪽으로 멀어져가면서 삼촌은 몇 번씩이나 돌아서서는 우산을 흔들어 보였어요.

얼마 안 가 먹이가, 여물의 양이 눈에 띄게 줄어들었어요. 좋은 젖을 만들어내야 하는 젖소나 일을 많이 해야 하는 소에게 특별히 신경을 쓰기 위해 엄마 아빠는 여물을 아꼈어요. 당나귀와 말은 귀리를 구경해본 지가 까마득했어요. 엄마 아빠는 풀밭에조차 가지 못하게 했는데, 다음 여물을 마련하기 위해서는 풀이 자라도록 놔두어야 했기 때문이에요. 말과 당나귀는 이제 밭두렁이나 비탈길에 난 풀을 뜯을 수밖에 없었어요.

농가의 동물들을 모두 먹여 살릴 만큼 넉넉하지 못했던 엄마 아빠는 소를 팔고 말과 당나귀에게 일을 시키기로 했어요. 그래서 어느 날 아침 아빠는 말에게 마차를 끌게 하고, 엄마는 당나귀에게 채소 두 부대를 실어서 읍내 장터에 갔어요. 첫날 엄마 아빠는 둘에게 무한한 인내심을 보여주었어요. 다음 날에는 나무라는 것으로 그쳤죠. 그러다 이내 심하게 야단을 치며 욕을 퍼붓는 단계까지 이르렀어요. 너무나 무서웠던 말은 방향을 잃은 채 왼쪽, 오른쪽도 분간치 못하고 갈팡질팡했어요. 아빠는 화가 나서 거칠게 고삐를 잡아당겼고, 그 바람에 입술을 심하게 긁힌 말은 도리질을 쳐대며 비명을 터뜨렸어요.

하루는 몹시 험한 비탈길로 마차를 끌고 가느라 숨이 턱까지 차오른 말이 힘겹게 걷다가 수시로 멈춰 서야 했어요. 무거운 짐을 실은 수레를 끌며 이런 비탈길을 오르는 일에 아직 단련되지 않았던 거예요. 마차에 타서 고삐를 손에 쥔 아빠는 느려터진 데다 툭하면 멈춰 섰다가 다시 힘들게 나아가는 말 때문에 조바심을 냈어요. 처음에는 혀 차는 소리를 내며 말을 움직이게 하려 했죠. 그러나 말의 태도가 성에 차지 않자 욕을 내뱉기 시작하더니 '이렇게 못돼먹은 말 새끼는 본 일이 없다'는 말까지 아빠의 입에서 튀어나오고 말았어요. 말은 서러움이 복받쳐 순간 걸음을 멈추었고 다리엔 힘이 쭉 빠져버렸어요. 아빠가 고함을 질렀어요.

"이랴, 이랴! '이랴'라고 하잖아. 이 망할 짐승 같으니! 내가 가만둘 것 같아! 걷게 하고 말 테다!"

화가 치민 아빠는 여러 번 채찍을 들어 보이며 윽박지르더니 기어이 말의 옆구리를 걷어차고 말았어요. 말은 저항하지는 않았지만 어찌나 슬픈 눈으로 아빠를 돌아봤는지 아빠는 귓불까지 빨개진 채 채찍을 손에서 놓았죠. 마차에서 뛰어내린 아빠는 말에게 달려가 목을 끌어안으며 너무 심하게 군 것에 대해 용서를 구했어요.

"네가 나한테 어떤 존재인지를 잊고 있었구나. 아이고, 그냥 보통 말을 상대하는 걸로 잠시 착각했어."

"그래도……" 말이 대답했어요. "아무리 그냥 보통 말이라도 그렇게 심하게 채찍질하시면 안 되죠."

아빠는 앞으로는 절대 그렇게 심하게 성질을 부리지 않겠다고 약속했고 실제로 오랫동안 채찍을 사용하지 않았어요. 그러나 급히 볼일을 보러 가야 했던 어느 날, 더는 참지 못하고 말의 다리를 한 방 갈기고 말았어요. 그 뒤로는 때리고 성질부리는 것이 그만 습관이 되어버려서 아무 생각 없이 마구 채찍을 휘둘렀어요. 죄의식의 그늘이 슬며시 드리워질 때면 아빠는 어깨를 으쓱하며 이렇게 말하곤 했어요.

"말을 부리려면 확실하게 해야지. 아무튼 제대로 말을 듣게 해야 해."

당나귀의 처지라고 더 나을 게 없었어요. 매일 아침 당나귀는 비가 오나 눈이 오나 무거운 짐을 잔뜩 짊어진 채 읍내 장터에 가야 했어요. 비가 올 때면 엄마는 우산을 펼쳤지만,

당나귀의 털이 젖는 것 따위는 전혀 신경 쓰지 않았어요. 당나귀가 말했어요.

"예전에 제가 여자아이였을 때는 이렇게 비를 맞도록 내버려 두지 않으셨는데……"

"당나귀를 어린아이 다루듯 해야 한다면 넌 별 쓸모가 없을 거야. 그럼 나도 널 어째야 좋을지 모르지 않겠니!"

엄마가 대답했어요.

말보다 더하지는 않았지만, 당나귀라고 매를 피할 수는 없었어요. 여느 당나귀들과 마찬가지로 이 당나귀도 가끔은 고집불통일 때가 있었거든요. 길을 가다가도 어느 사거리에 이르면 이유도 없이 갑자기 멈춰 서서는 앞으로 나가려 하질 않았어요. 엄마는 일단 부드럽게 달래면서 걷게 하려고 애썼어요.

"자자, 착하지 우리 델핀." 당나귀를 쓰다듬으며 엄마가 말했어요. "넌 항상 착한 딸이었지, 말도 잘 듣고……"

"이제 더 이상 착한 딸 델핀은 없어요." 델핀은 화도 내지 않고 대답했어요. "꼼짝하기도 싫어하는 당나귀가 있을 뿐이라구요."

"자, 자, 고집부리지 말고, 널 위해서도 안 좋다는 걸 잘 알잖니. 열까지 세마. 생각해보렴."

"벌써 다 생각했어요!"

"하나, 둘, 셋, 넷……"

"한 발짝도 움직이지 않겠어요."

"……다섯, 여섯, 일곱……"

"차라리 제 귀를 베어 가세요."

"……여덟, 아홉, 열! 계속 이런다 이거지? 망할 짐승 같으니!"

그러고는 등짝에 몽둥이찜질을 당하고 나서야 고집을 꺾었지요. 하지만 당나귀와 말로 살아가며 가장 힘든 것은 서로 떨어져 있어야 한다는 것이었어요. 학교에서나 집에서나, 델핀과 마리네트는 여태껏 잠시도 떨어져본 적이 없었어요. 말과 당나귀는 각자 일한 다음, 저녁이면 녹초가 된 채 마구간으로 돌아와서 잠들기 전에야 겨우 엄마 아빠의 구박에 대해 불평할 틈을 내곤 했어요. 그러다 보니 일요일의 휴식을 손꼽아 기다렸지요. 이날만큼은 별다른 일 없이 마구간 안이나 밖에서 함께 시간을 보낼 수 있었거든요. 엄마 아빠에게는 마른풀 잠자리 곁의 여물통에 뉘어두었던 인형을 가지고 놀아도 좋다는 허락을 받아둔 참이었어요.

인형을 잡을 손이 없는 둘은 인형을 흔들어줄 수도, 옷을 갈아입혀줄 수도, 빗질을 해줄 수도, 그 밖에 보통 인형에게 필요한 손질을 아무것도 해줄 수가 없었어요. 그래서 둘은 인형에게 말을 걸며 놀았어요. 말이 말했어요.

"나야, 네 엄마 마리네트, 아아, 내가 좀 변한 걸 너도 알아보는 거 같구나!"

"나야, 네 엄마 델핀. 내 귀는 너무 신경 쓸 필요 없어."

당나귀도 말했어요.

오후에는 길가를 따라 자란 풀을 뜯으며 자신들이 겪는 불행에 대해 오랫동안 이야기했어요. 말은 당나귀보다 좀 더 잘 흥분해서 엄마 아빠에 대해 분통을 터뜨렸어요.

"그렇게 거칠게 대하는데도 다른 동물들은 그저 잠자코 받아들인다는 게 난 너무 놀라워. 이 집안사람인 우리야 어쩔 수 없다 해도 말이야. 엄마 아빠만 아니었다면 벌써 옛날에 도망갔을 거야!"

이 말과 함께 키 큰 말은 울음을 터뜨리고 말았고 당나귀도 코를 훌쩍이며 흐느꼈어요.

어느 일요일 아침, 엄마 아빠는 목소리가 우렁찬 파란 옷의 남자를 마구간으로 들여보냈어요. 남자는 말 뒤쪽에 멈춰 서더니, 뒤따라오는 엄마 아빠에게 말했어요.

"맞아, 바로 이 말이군. 지난번에 큰길에서 달리는 걸 본 바로 그놈이야. 오, 난 기억력이 좋다니까, 말을 한번 봤다 하면 수천 마리 가운데에서도 대번에 골라내거든! 내 직업이기도 하지만."

남자는 말의 엉덩이를 다정하게 툭 치면서 껄껄 웃었어요.

"다른 놈들에 비해 못하지 않아. 딱 내 취향이야, 하하하."

"그저 눈요기나 하시라고 보여드린 것뿐이에요. 그 이상은 기대하지 마세요!"

엄마 아빠가 말했어요.

"다들 말은 항상 그렇게 하지." 남자가 계속 말했어요. "하지만 조금 지나면 생각이 바뀌어버리거든!"

남자는 말의 주위를 돌며 배와 다리를 더듬어보고 가까이에서 말을 자세히 살펴보았어요.

"이제 그만하실래요?" 말이 남자에게 소리쳤어요. "난 이런 거 별로 좋아하지 않아요!"

남자는 웃기만 하더니, 말의 입술을 까뒤집어 이빨을 검사하기 시작했어요. 그런 다음, 엄마 아빠 쪽을 보며 말했어요.

"내가 200 내지."

엄마 아빠가 고개를 저었어요.

"아니, 아니, 200이고 300이고 안 돼…… 애쓸 것 없어요!"

"500은 어때?"

엄마 아빠가 잠시 대답을 머뭇거렸어요. 둘 다 얼굴이 벌게진 채 남자를 제대로 쳐다보지 못했죠. 이윽고 엄마가 모기만 한 목소리로 중얼거렸어요.

"안 돼요, 절대로!"

"그럼 1,000은?"

파란 옷의 남자가 소리 질렀어요. 남자의 굵은 목소리가 마치 식인귀 같아서 말과 당나귀는 겁에 질렸어요.

"어떠냐고, 내가 1,000을 더 내겠다면 말이야!"

아빠가 무어라 대답하려 했으나 목소리가 턱 막히는 바람에 기침을 해댔지요. 그러고는 남자에게 밖에서 좀더 편하게 얘기하자는 눈짓을 보냈고요. 두 사람은 마당으로 나와 이내 흥정을 마쳤습니다. 남자가 말했어요.

"값은 좋은 듯하군. 하지만 사기 전에 내 앞에서 걷고 달리는 걸 좀 봐야겠어."

우물가에서 졸고 있던 고양이는 이 말을 듣기가 무섭게 마구간으로 달려와 말의 귀에 대고 속삭였어요.

"아줌마 아저씨가 너를 마당으로 끌어내면, 저 남자가 보는 동안 가능한 한 오래 절뚝거리렴."

고양이의 말을 듣고 말은 마구간 문턱을 나서면서 다리가 몹시 아픈 양 절뚝거리기 시작했어요.

"이런, 이런, 이런!" 남자가 엄마 아빠에게 말했어요. "말이 다리를 다쳤다는 얘긴 안 했잖나! 이러면 이야기가 달라지는군!"

"저 녀석이 심통을 부리는 거예요. 오늘 아침까지만 해도 네 다리가 멀쩡했다니까요!"

엄마 아빠가 변명했어요. 하지만 남자는 아무 말도 들으려 하지 않은 채로 두 번 다시 말을 쳐다보지도 않고 떠나버렸어요. 엄마 아빠는 언짢은 기색으로 말을 다시 마구간으로 집어넣었어요.

"일부러 그랬지!" 아빠가 큰 소리로 야단쳤어요. "이 고약한 짐승 같으니! 내가 확신하건대, 넌 틀림없이 일부러 그런 거야!"

"고약한 짐승이라고요?" 당나귀가 소리쳤어요. "자기 막

내 딸을 참 듣기 좋게도 부르시네요! 정말 훌륭하신 부모님 이세요!"

"멍텅구리 당나귀의 생각 따윈 필요 없어!" 아빠가 윽박 질렀어요. "하지만 오늘은 일요일이니, 이번만큼은 네 그 건 방진 말에 대꾸해주지. 누가 들으면 우리가 정말 말이랑 당 나귀의 부모인 줄 알겠어. 우리가 그런 말도 안 되는 거짓말 을 믿을 거라고 생각했다면 큰 오산이지! 두 여자애가 하나 는 말로, 하나는 당나귀로 변했단 얘기를 어느 정상적인 사 람이 그대로 믿겠는지 너희한테 한번 물어보고 싶구나! 사 실 너희는 그저 짐승 두 마리일 뿐이지, 그 이상도 이하도 아니야! 더군다나 너희 둘 다 모범적인 가축이라고 할 수도 없어!"

당나귀는 아무 대꾸도 할 수 없었어요. 엄마 아빠가 자신 들의 존재를 부인하는 태도에 너무도 마음이 아팠답니다. 그 때문에 말의 이마에 자신의 이마를 비비며, 비록 엄마 아 빠는 잊었을지라도 마구간 동료인 자신은 언제까지나 믿어 도 된다는 마음을 전했어요.

"엄마 아빠가 무슨 소릴 하신대도 난 네 다리와 기다란 두 귀를 가진 너의 언니 델핀으로 남아줄 거야."

"엄마!" 말이 물었어요. "엄마도 우리가 엄마 딸이 아니라고 생각해요?"

"너희는 두 착한 짐승이긴 하지만 내 딸들이 될 수 없다는 건 잘 알아."

엄마가 조금 난처해하며 대답했어요.

"닮은 곳이 한 군데도 없잖아. 그리고…… 그만, 됐어. 가자, 여보."

아빠가 말했습니다.

엄마 아빠는 마구간을 나서기 직전 당나귀의 이런 말을 들을 수 있었어요.

"우리가 딸들이 아닌 걸 그렇게 확신하신다면, 두 분은 정말이지 경솔한 사람들이시군요. 어느 날 아침 두 딸이 사라졌는데 걱정도 안 하시다니, 참 이상한 부모잖아요! 우물이나 늪, 숲속이라도 찾아보셨어요? 동네 사람들에게 묻기라도 하셨나요?"

두 사람은 아무런 대꾸도 하지 않았지만, 마당으로 나왔을 때 엄마는 한숨 지으며 말했어요.

"그래도…… 혹시 쟤들이 우리 딸이라면……"

"말도 안 돼!" 아빠가 소리를 질렀어요. "무슨 소릴 하는 거야! 이런 바보 같은 짓은 이쯤에서 끝내야 해! 애들이든 멀쩡한 어른이든 당나귀나 뭔가 다른 짐승으로 변했다는 소린 여태 들어본 적이 없어. 처음에 저 짐승들이 하는 말을 그대로 믿은 우리가 너무 단순했지. 아직도 믿는다면 더 우스운 꼴이 되는 거야!"

엄마 아빠는 이 일에 관한 한 더 이상 의심의 여지가 없는 척했고, 어쩌면 그건 진심이었는지도 몰라요. 어찌되었건 델핀과 마리네트를 본 사람이 있는지 수소문하는 일은 없었고, 아이들이 사라진 사실을 아무에게도 알리지 않았죠. 누군가 아이들의 안부를 물으면, 잔 숙모 댁에 있다고 대답했어요. 이따금씩 엄마 아빠가 마구간에 오면 당나귀와 말은 예전에 아빠가 가르쳐준 노래를 부르곤 했어요.

"아빠가 우리한테 가르쳐주신 노래를 모르시겠어요?"

당나귀와 말이 묻자 아빠가 대답했어요.

"알지, 알고말고. 하지만 그건 어디서든 배울 수 있는 노래야."

몇 달간 고된 노동이 계속되자, 당나귀와 말도 예전에 자신들이 누구였는지 잊고 말았어요. 어쩌다 생각이 나도 긴가민가하며 그저 옛날이야기라고 생각해버렸죠. 게다가 기억도 앞뒤가 서로 맞지 않았어요. 둘은 서로 자기가 마리네트였다고 우기는가 하면, 어떤 날에는 이 문제로 싸워서 다시는 말하지 않기로 작정하기도 했어요. 그러고는 하루하루 점점 더 가축으로서 일과 생활에 재미를 붙여갔고 주인들에게 매 맞는 것을 당연한 일로 여기게 되었어요. 한번은 말이 말했어요.

"오늘 아침에 다리를 얻어맞았어. 그래도 싸지 뭐. 내가 고집을 좀 부렸거든."

"나도 늘 똑같아. 너무 고집불통이라고 두들겨 맞았어. 고쳐야 할 텐데."

당나귀도 말했어요.

둘은 인형 놀이도 더 이상 하지 않았고, 인형을 갖고 놀 수 있다는 것조차 이해할 수 없게 되었어요. 이제는 일요일이 오는 것도 그리 기쁘지 않았어요. 서로 할 말이 없어진만큼 둘에게 휴일은 길게만 느껴질 뿐이었죠. 둘의 가장 즐거운 소일거리는 당나귀와 말의 울음소리 중 어느 것이 더 듣기 좋은가를 다투는 것이었어요. 결국에는 욕을 주고받으며 서로를 쓸모없는 말이니, 멍텅구리 당나귀니 하며 싸우는 걸로 끝내곤 했어요.

엄마 아빠는 변해가는 당나귀와 말에게 무척 흡족해했어요. 그리고 이렇게 온순한 가축들을 본 적이 없다며, 둘의 일솜씨를 입에 침이 마르도록 칭찬했어요. 두 가축이 열심히 일한 덕분에 큰돈을 번 엄마 아빠는 각자 구두 한 켤레씩을 사 신을 수 있었어요.

어느 날 아침 일찍 말과 당나귀에게 귀리를 주러 마구간에 들른 아빠는 깜짝 놀라고 말았어요. 마른풀 잠자리에는 가축 두 마리 대신 델핀과 마리네트가 잠들어 있었거든요. 아빠는 자신의 눈을 믿을 수가 없었고, 그 순간 다시는 볼 수 없을 멋진 말이 문득 떠올랐어요. 아이들의 엄마에게 알린 후 함께 마구간으로 와서는, 깊이 잠들어 있는 두 아이를 침대로 옮겨 뉘었어요.

델핀과 마리네트가 일어났을 때는 해가 중천에 떠서 학교에 갈 시간이 되어 있었어요. 어안이 벙벙해진 아이들은 손을 어떻게 사용해야 하는지도 거의 다 잊어버렸답니다. 교실에서는 푼수 짓을 하는가 하면 엉뚱한 말을 하며 횡설수설했어요. 선생님은 저렇게 멍청한 학생은 본 적이 없다며 둘에게 각자 벌점 10점씩을 주었어요. 아이들에겐 우울한 하루였죠. 벌점을 본 엄마 아빠 역시 기분이 언짢아져서 식사 때도 빵과 물만 먹었어요.

다행히 오래지 않아 아이들은 예전의 습관을 되찾았어요. 학교에서도 공부를 열심히 잘해서 좋은 성적을 받아 왔고요. 집에서의 행실 또한 모범적이어서, 괜히 트집을 잡을 때 말고는 딱히 야단칠 거리가 없을 정도였어요. 엄마 아빠도 이젠 두 딸을 되찾은 데 몹시 흐뭇해하며 사랑을 듬뿍 쏟아부었어요. 사실 두 사람도 훌륭한 엄마 아빠였죠.

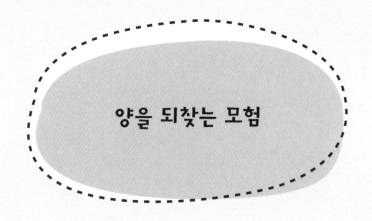

# 양을 되찾는 모험

델핀과 마리네트는 길가 둔덕에 걸터앉아 도랑 쪽으로 뻗은 다리를 흔들면서, 언젠가 알프레드 삼촌이 집에 오신 날 둘에게 선물했던 커다란 하얀 양을 쓰다듬고 있었어요. 양은 마리네트와 델핀의 무릎에 번갈아가며 고개를 살포시 얹어놓은 채, 두 아이와 함께 "나의 꽃밭에는 장미나무가 있었네……"로 시작하는 노래를 불렀어요. 한편, 집 마당에서 동물들 사이로 아이들과 양을 지켜보던 엄마 아빠는 양에게 몹시 화가 난 듯 보였어요. 양을 흘겨보고는 저놈의 짐승이 아이들의 시간이나 잡아먹고 있다면서, 아이들도 저 망할 짐승과 노느니 집 안 청소를 하거나 행주 감침질을 하는 게 더 나을 텐데라고 못마땅한 듯 계속 구시렁거렸어요.

"누가 저 덩치 큰 곱슬이 털 뭉치 녀석을 처치해준다면 두 손 들고 환영하겠어!"

점심때가 가까워지자 델핀과 마리네트의 집 굴뚝에서는 연기가 피어오르기 시작했어요. 엄마 아빠가 식사 준비를 하고 있을 때, 늠름한 검은 말을 타고 전쟁터로 떠나는 군인 한 사람이 큰길을 돌아 나타났어요. 사람들이 자신을 쳐다보며 멋지게 보아주었으면 하는 욕심에 군인은 자신이 탄 말을 요리조리 뛰게 하며 재주를 펼치게 하려 했어요. 하지만 검은 말은 명령을 듣기는커녕 제자리에 멈춰 선 채, 고개를 돌려 군인에게 말했어요.

"어이, 거기 위에, 도대체 무슨 일이오? 이 뜨거운 뙤약볕 아래서 정신 나간 주정뱅이를 태우고 가는 것도 모자라 깡충대며 재주까지 피우란 말이오? 그렇담, 내 말하지만……"

"잠깐, 아니 이런 버르장머리 없는 말을 봤나!" 군인이 딱 잘라 말했어요. "순순히 말을 듣게 손 좀 봐줘야겠군!"

말이 끝나기가 무섭게 군인은 곧 군화의 박차로 검은 말의 옆구리를 찌르고 재갈을 거칠게 잡아당겼어요. 검은 말은 앞발을 들어 올렸다가, 다시 뒷발을 거세게 치켜들어 군인을 울타리 너머 길바닥으로 내동댕이쳐버렸어요. 군인은 길 한복판에 배를 깔고 납작하게 처박혀 턱과 손등이 모두 까졌고 멋진 군복은 먼지투성이가 되어버렸어요.

"그러게 내가 미리 말했잖소." 검은 말이 말했어요. "재주 부리기를 원하니 자아, 부려보았어. 이제 됐나?"

무릎을 짚고 일어선 군인은 이런 얘기를 들을 기분이 아니었어요. 더욱이 엄마 아빠와 델핀, 마리네트, 양과 농장의 다른 동물들이 모두 그에게 다가와 주위를 빙 둘러싸자, 모욕감에 미친 듯이 화가 나서는 큰 칼을 뽑아 들고 검은 말에게 달려들어 가슴팍에 칼날을 쑤셔 박으려 했죠. 다행히 엄마 아빠가 제때 뛰어들어 그의 복수를 말릴 수 있었어요.

"말을 죽이는 건 지나친 것 같아요." 엄마 아빠가 말했어요. "전쟁터까지 말을 타고 편안하게 가는 대신 직접 걸어가야 할 텐데, 그러면 아마 전쟁이 끝난 후에야 도착할 겁니다. 그렇다 해도 저 망할 짐승이 당신한테 함부로 굴었으니 앞으로 저 녀석을 믿고 의지하기는 어려울 듯한데…… 그래서 하는 말입니다만, 어차피 저 말을 다신 안 볼 참이었다면 이 기회를 이용해보는 건 어떻겠어요? 저희한테 군인 나리께 잘 어울릴 만한 노새가 한 마리 있습니다. 나리를 위해 대신 바꿔드립지요."

"그거 좋은 생각이군!"

군인은 그렇게 대답하고 칼을 도로 집어넣었어요.

엄마 아빠는 검은 말을 마당으로 밀어 넣고 대신 노새를 끌고 나왔어요. 이 광경을 본 아이들이 엄마 아빠에게 고함을 질러댔어요. 지나가는 사람 좋으라고 노새 같은 오랜 친구가 집을 떠나야 하다니…… 양은 눈에 눈물이 가득 고인 채 친구의 불쌍한 처지를 생각하며 울먹였어요.

"조용히 해!" 엄마 아빠는 눈을 크게 부라리고 눈망울을 굴리면서 명령조로 말했어요. 때마침 군인이 등을 돌리자 목소리를 낮춰 거의 협박조로 으름장을 놓았어요. "입방정을 떨어 이런 횡재를 놓치게 할 참이냐! 당장 양의 입을 막지 않으면 점심때가 되기 전에 그놈의 털을 박박 깎아버릴 테다."

노새는 머리에 굴레를 씌우는 동안 아무런 저항도 하지 않았고 아이들을 향해 한쪽 눈을 찡긋해 보였어요. 노새로 갈아탄 군인은 콧수염을 쓰다듬어 위로 한 번 말아 올린 후, "전진!" 하고 소리쳤어요. 하지만 노새는 움직이지 않았어요. 새 주인이 우악스럽게 박차를 가하고 고삐를 잡아당겼으나 한 발짝도 떼어놓지 않았죠. 욕도, 으름장도, 채찍질

도, 그 어떤 것도 노새의 고집을 꺾을 수 없었어요. 군인이
말했어요.

"좋아, 이제 남은 일은 한 가지뿐이군!"

땅으로 내려선 군인은 또다시 커다란 칼을 뽑아 노새의
가슴 한복판을 겨누었어요.

"멈춰요!" 엄마 아빠가 소리 질렀어요. "우리 말 좀 들어
봐요. 물론 이 멍청한 녀석이 걸으려 들지 않기는 하지만 군
인 나리도 아시잖아요. 노새가 얼마나 고집불통인 짐승인
지. 칼로 내리쳐봐야 달라지는 건 아무것도 없을 거예요. 자
자, 우리에게 피로란 걸 모르는 데다 밥값도 거의 들지 않는
당나귀가 한 마리 있어요. 이놈을 가져가고 노새는 돌려주
시죠."

"그거 좋은 생각이군."

군인은 이렇게 말하며 칼을 도로 집어넣었어요.

노새 대신 바쳐진 불쌍한 당나귀는 많은 친구들, 그중에
서도 특히 제일 친한 델핀과 마리네트 그리고 양을 버려두
고 집을 떠날 마음이 추호도 없었어요. 하지만 당나귀는 자
기 감정을 전혀 내비치지 않은 채 여느 때처럼 체념한 듯 다
소곳이 새 주인에게 다가갔어요. 아이들은 가슴이 미어졌

고 양은 꺼억꺼억 대성통곡을 하며 울었어요.

"군인 아저씨, 당나귀를 잘 보살펴주세요. 우리 친구랍니다."

양이 애원하는 눈빛으로 군인에게 말했어요. 나중에는 엄마 아빠가 양의 면전에 주먹을 들어 보이며 으르렁거렸어요.

"요 망할 짐승 같으니! 호박이 넝쿨째 굴러들어온 횡재를 놓치게 할 셈이냐! 오냐 그래, 허튼소리 나불댄 걸 후회하게 해주지!"

군인은 양의 통사정에는 귀를 기울이지 않은 채 벌써 당나귀의 등에 올라타 있었어요. 수염을 한 번 쓰다듬고 나서 "전진!" 하고 소리치기가 무섭게 당나귀가 뒷걸음질 치며 어찌나 지그재그로 걷던지, 한 걸음 한 걸음 내디딜 때마다 군인은 도랑으로 떨어질 뻔했죠. 오래지 않아 땅으로 내려선 군인은 당나귀가 일부러 엇나간 것을 알아차리고는 이를 갈며 말했어요.

"좋아, 이제 남은 일은 한 가지뿐이군!"

군인은 큰 칼을 세번째로 뽑아 들었어요. 만약 엄마 아빠가 그의 팔과 옷자락을 부여잡고 늘어지지 않았다면 당나귀의 목은 단칼에 여지없이 베어졌을 거예요. 엄마 아빠가 말했어요.

"군인 나리는 말이니 노새니, 탈 짐승과는 인연이 없는 것 같아요. 생각해보면 놀랄 일도 아니죠. 말이나 당나귀나 노새나 다 같은, 대충 비슷한 한 가족인데 그 생각을 미처 못 했네요. 그럼 양을 한번 타보는 건 어떨까요? 온순한 데다 좋은 점도 많은 동물이랍니다. 길을 가다가 혹시라도 돈이 필요하면 털만 깎아내면 돼요. 아주 간단하죠? 그 털을 비싸게 팔고 난 다음에도 양은 남아 있으니 여행은 계속할 수 있는 거죠. 마침 털이 아주 고운 양이 우리한테 한 마리 있어요. 저 두 아이들 사이를 보세요. 당나귀 대신 저놈을 가져가시죠. 우린 그저 나리께 도움이 되고 싶을 따름입니다요."

"그거 좋은 생각이군."

군인은 이렇게 말하고 칼을 도로 집어넣었어요.

델핀과 마리네트는 양을 꼭 끌어안은 채 큰 소리로 비명을 질러댔지만 엄마 아빠는 아이들의 가장 친한 친구인 양을 재빨리 떼어내고는 아이들에게 입을 다물게 했어요. 양은 슬픈 눈으로 옛 주인을 바라보았어요. 그러고는 아무 탓도 하지 않고 군인에게 다가갔어요. 군인이 칼집에 막 집어넣은 큰 칼을 가리키며 협박하듯 큰 소리로 말했어요.

"무엇보다 내게 존경심을 보이고 복종하도록 해. 나는 그럴 자격이 충분히 있거든! 너도 내 맘에 들지 않게 행동한다면, 네 놈의 목부터 내리칠 거니까 명심해. 용서는 없어! 만일 이번에 또 바꿔야 한다면, 오리나 닭장 속에 있는 두발 짐승 등에 올라타게 생겼으니까!"

"아무 걱정 마세요. 저는 성격이 아주 순하답니다. 아마 두 여자아이 손에 자라서 그럴 거예요. 최선을 다해 복종하겠습니다. 하지만 절친한 두 친구들과 헤어지게 되어 무척 가슴 아프답니다. 알프레드 삼촌이 저 아이들의 손에 저를 맡겼을 때, 제가 어찌나 작았던지 거의 한 달 이상이나 저 아이들이 제게 젖병을 물려줘야 했다니까요. 그 후로는 저 아이들과 떨어져본 적이 없어요. 그러니 제 마음이 너무나도 아프리란 건 주인님도 이해가 되시죠? 저 아이들도 그럴 거고요. 그러니 주인님, 우리를 불쌍히 여기셔서 잠깐이나마 함께 울며 작별 인사를 할 수 있도록 시간을 주세요."

양이 대답했어요.

"양을 동정할 일이란 없지!" 군인이 소리쳤어요. "아니,

이제 겨우 내 밑에 들어온 놈이 벌써 도망치려 하다니! 당장 네 놈의 목을 베어버리겠어! 너처럼 뻔뻔스러운 놈은 처음 본다!"

"그럼 그 얘긴 그만하죠." 양이 한숨을 내쉬며 말했어요. "주인님을 화나시게 하고 싶진 않아요."

양의 등에 올라타는 일은 그리 힘들지 않았으나, 발이 땅바닥에 질질 끌리는 것을 알게 된 군인은 자신의 긴 다리를 적당한 높이에 걸쳐놓기 위해 커다란 칼을 양의 어깨에 가로로 칭칭 묶어놓았어요. 그러고는 자신의 아이디어에 스스로 만족했는지 혼자 큰 소리로 껄껄대며 웃다가 몇 번씩이나 균형을 잃고 넘어갈 뻔했죠. 한편 올라탄 군인이 무거워서 등이 휘어진 양의 몰골만큼 눈물겨운 광경도 없었어요. 아이들은 가슴이 아프기도 했지만 어찌나 화가 나던지, 만약 엄마 아빠가 말리지만 않았더라면 군인을 밀쳐 땅바닥에 곤두박질쳐 넘어뜨리든지 어떻게 해서든 온 힘을 다해 양이 떠나지 못하게 막았을 거예요. 농장의 다른 동물들도 아이들 못지않게 화가 났으나, 엄마 아빠가 어찌나 무섭게 노려보는지 감히 나서서 끼어들 수가 없었어요. 언성을 높이기 시작한 오리를 보며 엄마 아빠가 말했어요.

"지금 텃밭에는 싱싱한 무가 자라고 있지. 고기에 곁들여 먹으면 딱 좋을 듯해. 암. 딱 좋고말고."

순간, 불쌍한 오리는 몹시 당황해 고개를 숙인 채 우물 뒤로 몸을 숨겼어요. 동물들 가운데서 오직 검은 말만이 주눅 들지 않은 채, 옛 주인에게 걸어가서는 넌지시 말했죠.

"주인 양반, 설마 그런 꼴로 거리를 활보하겠다는 건 아니겠지? 그렇게 허약한 동물을 타고는 멀리 갈 수도 없거니와 남들의 웃음거리가 되고 말 거요. 자, 당신도 생각이 있다면 그 양은 저 우는 애들한테 돌려주고, 내 등에 올라타시오. 한결 편할뿐더러, 내 등 위에 있을 때 주인 양반 모습도 훨씬 멋져 보이니까!"

마음이 동한 군인은 검은 말의 널찍한 등을 흘끔 쳐다보았어요. 양의 등보다 훨씬 편할 거란 말에 설득된 듯 보였어요. 군인이 검은 말의 제안을 받아들이려 하자 이를 본 엄마 아빠가 말은 이미 자기들 것이라고 우기기 시작했어요.

"우린 다시 바꿀 생각이 전혀 없는걸요! 아시겠지만, 또 그 바꾸기 타령을 하다 보면 끝이 없을 거예요."

"당신 말이 맞긴 하오." 군인이 바로 수긍했어요. "시간은 가고, 전쟁은 나 없이 치러지겠지. 그리되면 난 장군이 될 수 없어."

수염을 한 번 말아 올려 쓰다듬은 후 군인은 양을 출발시켰어요. 큰 칼 아래로 다리를 덜렁거리며 뒤도 돌아보지 않고 멀어져갔어요. 군인이 길을 돌아 사라지자, 농장의 온 동물들은 눈물을 훔치며 깊은 한숨을 내쉬었어요. 엄마 아빠는 처음엔 조금 거북해하더니, 마리네트가 델핀에게 이야기하는 걸 듣고 걱정하기 시작했어요.

"알프레드 삼촌이 우릴 보러 빨리 오셨으면 좋겠어!"

"나도. 이번에 일어난 일을 삼촌이 모두 아셔야 해!"

델핀도 덩달아 말했어요.

엄마 아빠는 거의 겁먹은 듯한 태도로 아이들을 바라보았어요. 그러다 잠시 둘이 속닥이고 나서는 큰 소리로 말했어요.

"우린 알프레드 삼촌한테 숨길 게 없어. 오히려 하찮은 양 한 마리로 멋진 검은 말을 얻어낼 만큼 우리의 수완이 좋다는 걸 알게 되면 칭찬부터 해주실 거다!"

마당에서는 당나귀, 노새, 돼지, 닭, 오리, 고양이, 소, 젖소, 송아지, 칠면조, 거위 할 것 없이 모든 동물이 아이들과 함께 마치 엄마 아빠를 나무라듯 야유를 보냈어요. 그러자 엄마 아빠가 엄한 목소리로 꾸짖었어요.

"너희 모두 그렇게 저녁때까지 멀뚱거리면서 시간만 때울 거야! 이건 뭐 부지런한 가정집 안마당이 아니라 가축 시장에 온 것 같아! 자 자, 흩어져! 각자 자기 자리로 가! 그리고 검은 말, 너는 이제부터 마구간 안이 네 자리다. 당장 데려다주마."

"그래야 하나······" 검은 말이 대꾸했어요. "댁의 마구간에 들어가고 싶은 마음은 조금도 없소. 횡재를 봤다고 으스대셨지만 그건 그저 착각이란 걸 아실 때가 되었는데. 전 절대 댁의 말이 되지 않기로 단단히 결심했으니 잘 알아두시오. 저 불쌍한 양은 값어치가 전혀 없는, 지나가는 바람하고 바꿨다 생각하시고. 대신 인정머리 없고 부당하게 행동한 데 대한 후회는 하시게 될 거야."

"검은 말아, 우리 마음을 참으로 아프게 하는구나. 사실, 우린 겉보기만큼 그렇게 나쁜 사람들이 아니란다. 확실한 건, 우린 그저 오랫동안 달려오느라 피곤한 너에게 마구간의 자리를 하나 내어주고 너를 편히 쉬게 하려는 생각뿐이었단다. 너도 좀 쉬고 싶지 않니?"

이렇게 말하면서 엄마 아빠는 은근슬쩍 굴레를 씌울 생

각으로 말에게 다가갔어요. 검은 말은 이런 속셈을 눈치채지 못한 채 붙잡히기 일보 직전이었어요. 아이들은 점심상을 차리러 이미 부엌에 가 있었고 나머지 동물들도 엄마 아빠의 명령에 따라 흩어지고 없었지요. 다행히 우물 뒤에 숨어 있던 오리가 받침돌 한구석에서 고개를 쏙 내밀고 있었어요. 곧바로 위험을 알아차린 오리는 자신의 안전도 잊은 채 뒤꿈치로 서서 날개를 파닥이며 소리쳤어요.

"검은 말아! 엄마 아빠를 조심해! 등 뒤에 고삐랑 재갈을 숨기고 있어!"

검은 말은 오리의 경고를 듣기가 무섭게 네 다리로 붕 뛰어올라서는 마당 반대편으로 황급히 달아나버렸어요.

"오리야, 방금 전 네가 베풀어준 은혜는 절대 잊지 않을게. 네가 아니었다면 내 자유는 끝이었을 거야. 말해보렴. 내가 널 위해 뭔가 할 수 있는 일이 없겠니?"

"검은 말아, 고마워! 당장은 생각나는 게 없네. 생각해볼게."

오리가 대답했어요.

"천천히 생각해봐, 오리야. 천천히. 조만간 다시 들를게."

이렇게 말한 다음 검은 말은 큰길로 접어들어 가벼운 발

걸음으로 멀어져갔고, 엄마 아빠는 말의 뒷모습을 애통하게 바라볼 수밖에 없었어요. 점심을 함께 들면서도 엄마 아빠는 한두 마디를 주고받았을 뿐, 몹시 어두운 얼굴을 하고 있었어요. 딸들의 양을 그냥 날려버렸다는 것을 알면 화를 낼 알프레드 삼촌을 생각하며 불안해하고 있었죠. 델핀과 마리네트는 걱정하는 엄마 아빠를 보며 다소 고소하기도 했으나, 그 무엇도 가장 친한 친구를 잃어버린 슬픔을 위로해주지 못했어요. 아이들은 밥을 먹고 나서 뒤뜰으로 가 아무도 없는 곳에서 마음껏 큰 소리로 울었어요. 그곳을 지나던 오리도 영문을 물어본 후에는 아이들과 함께 울 수밖에 없었어요.

"아니, 너희 거기서 왜 울고 있니?"

목소리 하나가 뒤에서 물었어요. 별일 없는지 궁금해서 찾아온 검은 말이었어요. 검은 말은 자신이 뭔가 슬픔을 덜어줄 만한 일이 없을지 오리에게 물었어요.

"맞다!" 오리가 소리쳤어요. "저 두 아이들에게 양을 도로 데려다줄 수만 있다면, 난 세상에서 제일 행복한 오리가 될 거야!"

"그런 일이라면 내가 안성맞춤이지." 검은 말이 대답했어요. "하지만 어떻게 손대야 할지 모르겠군. 양이랑 군인 나리를 따라잡는 거야 하나도 힘들 게 없어. 그렇게 안 맞는 짝도 없으니까 멀리 가진 못했을 거야. 하지만 진짜 어려운 건 내 옛 주인이 양을 단념하게 하는 일이야."

"둘을 찾으면서 생각해보자. 일단 우리를 양한테 데려다줘."

"좋아. 그런데 양이 이 두 아이 손에 들어온다 해도 이리로 데려올 수 있을까? 오늘 아침 상황이라면, 아이들의 엄마 아빠는 그 양을 처치해서 오히려 시원해하는 것 같던데……"

"맞아." 마리네트가 말했어요. "하지만 지금은 분명히 두 분이 한 일을 후회하고 계실 거야."

델핀도 이어서 말했어요.

"알프레드 삼촌한테 미리 알려서 우리가 돌아올 때쯤 집에 와 계신다면 괜찮을 것 같은데."

검은 말은 알프레드 삼촌이 멀리 계시냐고 묻고는, 빠른 걸음으로 두 시간쯤 걸린다는 대답에 양을 찾게 되면 삼촌 댁까지 달려가주겠다고 약속했어요.

"하지만 지금으로선 군인 나리를 따라잡는 게 문제야. 한 시도 지체할 수 없어."

아이들과 오리가 등에 올라타자 검은 말은 어안이 벙벙해 바라보고 있는 엄마 아빠의 눈앞으로 고삐가 떨어질 듯 빠르게 지나치며 자욱한 흙먼지 속으로 사라졌어요. 30분을 달리자 어느 마을 입구로 들어서게 되었어요.

"서두르지 말자." 검은 말이 한 발짝 내디디며 말했습니다. "마침 마을을 지나게 되니, 사람들한테 물어보는 게 좋겠어."

마을의 첫번째 집에 이르렀을 때 델핀은 창가의 제라늄 화분 곁에서 바느질하는 소녀를 발견하고는 공손히 물었어요.

"안녕하세요, 아가씨. 저희는 양을 찾고 있어요, 혹시 군인이 지나가는 것을 못 보셨나요?……"

"군인?" 소녀는 델핀이 말을 채 끝내기도 전에 소리쳤어요. "봤어! 금빛으로 번쩍이는 커다란 칼에서 철커덕거리며 끔찍한 소리가 났어. 저쪽 공터를 지나갔는데, 곱슬곱슬한 털에 콧김으로 불을 내뿜는 엄청나게 큰 말을 타고 있었어. 그 콧김 덕에 내 제라늄이 바로 시들어버렸지만!"

델핀이 고맙다고 인사한 다음 일행에게 돌아와, 자신들이 찾는 군인과 양은 아닌 것 같다고 했어요.

"무슨 소리야!" 검은 말이 말했어요. "틀림없이 그들이 맞아. 좀 과장된 듯해도 소녀들은 군인을 그런 식으로 바라보지. 난 털이 곱슬곱슬하고 엄청나게 큰 그 말이 바로 너희가 찾는 양이란 걸 바로 알겠는걸!"

"콧김으로 불을 내뿜는다고 했는데……"

마리네트가 아니라는 듯 말했어요.

"내 말 믿어. 그건 그저 군인 나리가 피우는 파이프 담배일 뿐이야."

오래지 않아 일행은 검은 말이 옳았다는 걸 알 수 있었어요. 조금 더 가자, 파김치가 다 된 불쌍한 양을 타고 지나가는 군인을 보았다고 뜰 울타리에서 빨래를 널고 있던 아주머니가 말해주었거든요.

"샘터에서 빨래를 하고 있는데 '파란 길'에서 돌아가는 게 보였어. 덩치 큰 군인을 등에 태우고 애쓰던 양을 봤으면 너희도 꽤 안타까워했을 거야. 게다가 빨리 가라고 머리를 마구 쥐어박기까지 하던데."

불쌍한 양의 소식에 아이들은 울음을 터뜨리지 않을 수 없었고 오리도 몹시 마음이 아팠어요. 전쟁터에서 그보다 더한 일을 숱하게 겪은 검은 말만이 침착함을 잃지 않은 채 아주머니에게 물었어요.

"군인이 들어섰다는 그 '파란 길'은 여기서 먼가요?"

"이 동네의 저쪽 맨 끝이지. 찾기가 쉽지 않을 거야. 거기
까지 안내해줄 사람이 필요할 텐데……"

집 한 귀퉁이에서 아주머니의 아들인 다섯 살배기 꼬마
가 바퀴 달린 예쁜 목마에 매인 줄을 잡고 질질 끌면서 아이
들에게 다가왔어요. 꼬마는 자기 것보다 훨씬 큰 진짜 말에
올라탄 아이들을 부러운 눈으로 바라보았어요. 아주머니가
말했습니다.

"쥘, '파란 길'까지 이 아이들을 데려다주렴."

"네, 엄마."

소년은 여전히 목마를 놓지 않은 채 큰길까지 나왔어요.
검은 말이 말했어요.

"내 등에 올라타고 싶지?"

쥘의 얼굴이 빨개졌어요. 바로 그가 바라던 바였기 때문
이죠. 마리네트가 쥘에게 자리를 양보하고, 목마도 따라올
수 있도록 줄을 잡고 끌어주었어요. 델핀은 길잡이 소년을
제 앞에 태우고 허리를 단단히 붙든 다음, 양이 처해 있는
힘든 상황을 얘기해주었어요. 그동안 검은 말은 최대한 천

천히 걸었어요. 동정심에 가득 찬 쥘은 아이들의 작전이 성공하길 빌면서 자기도 힘을 보태겠다고 선언했어요. 그러면서 자신과 자기 목마를 언제든지 부려도 좋다고 했어요. 소년과 소년의 목마는 약자를 돕는 일이라면 어떠한 위험도 무릅쓸 각오가 되어 있었어요.

한편, 마리네트는 여전히 오리가 걸터앉은 목마를 끌면서 일행보다 몇 발짝 앞서 걸어가고 있었어요. '파란 길'에 이르러, 언덕길 끝머리에서 아래를 내려다보니 양 한 마리가 매인 주막이 눈에 띄었어요. 마리네트는 처음엔 너무 기뻐 어쩔 줄 몰라 했고 오리도 무척이나 흥분했어요. 그러나 보면 볼수록 자기 친구 양과는 전혀 딴판이라는 걸 이내 깨닫게 되었어요. 내리막길 저 끝에 보이는 양을 친구 양으로 오인하기에는 체구가 너무 작았거든요.

"에휴…… 우리 양이 아니야!"

마리네트가 한숨지었어요. 그리고는 친구들을 기다리느라 잠시 멈추었어요. 그 틈에 오리가 주막과 그 주변을 좀더 높은 곳에서 보기 위해 목마의 머리 위로 올라섰어요. 양의 목덜미 부근에서 큰 칼과 비슷한 무언가가 반짝 빛나는 것 같았어요. 갑자기 오리가 목마의 머리 위에서 팔딱팔딱 뛰면서 큰 소리로 마구 고함을 질렀어요.

"그가 맞아! 우리 양이라고, 바로 우리 양이라니까!" 그러나 뒤에 있던 친구들은 당연히 오리가 잘못 본 거라고 생각했어요. 몸집이 작은 저 양은 다른 양이 틀림없다고 했죠. 그러자 오리가 화를 냈어요.

"새 주인이 양털을 깎아버린 걸 너희는 모르겠니? 새끼 양만 해 보이는 건 구불거리는 털을 다 깎아버렸기 때문이야. 주막에서 한잔하느라 군인이 양털을 깎아 판 게 틀림없어!"

"세상에! 틀림없어, 오늘 아침에만 해도 주머니에 땡전 한 푼 없었는데 사람들이 외상술을 줄 리가 없지! 주정뱅이니까 맨 처음 나오는 주막에 있을 거란 생각을 해야 했어. 어쨌든 우리 양이 맞는지 일단 확인해봐야겠다."

검은 말이 말했어요. 오르막길 위에 있는 아이들을 대번에 알아보고 양이 신호를 보내자 검은 말은 그가 우리 양이라는 걸 확인할 수 있었어요. 양은 "내가 바로 너희의 양이야"라고 여러 번 소리치고는, 조심하라는 뜻으로 손짓 발짓을 해 보였어요. 세번째로 소리쳤을 때쯤, 주막 문턱에 군인의 모습이 나타났어요. 틀림없이 양이 소리치는 이유를 알려고 나왔을 거예요. 주막 안으로 다시 들어가기 전, 군인은 양에게 협박하듯 주먹을 불끈 쥐어 보였어요. 다행히도 오르막길 위쪽을 올려다볼 생각은 하지 않았어요. 검은 말이 그리 멀지 않은 곳에 있었으므로 만약 말을 알아보았다면 경계를 늦추지 않았을 거예요. 사실 군인은 이미 술을 많이 마셔서 사물이 흐릿하게 보이기 시작했죠.

"내가 보기에……" 오리가 친구들에게 말했어요. "양은 철저히 감시당하는 것 같아. 일이 쉽지 않겠는걸."

"그래서 어떻게 할 생각이야?"

검은 말이 물었어요.

"어떻게 할 거냐고? 몰래 양을 풀어줘서 집으로 데려가야지! 지금 그럴 생각이야!"

"일이 그렇게 슬슬 풀리진 않을 거야. 그리고 성공한다 해도 양이 살아남을 수 있을까? 주막에서 나와 양이 없어진 걸 알면 옛 주인에게 돌아가기 위해 달아난 거라 생각할 거고, 당장 집으로 와 내놓으라고 하면 돌려줄 수밖에 없겠지. 그 커다란 칼로 양의 목을 댕강 자르는 대신 몽둥이찜질로만 끝난다면 그나마 아주 다행이지 않을까…… 안 되겠다, 오리야, 내 말 믿어. 다른 방법을 찾아야 해."

"다른 방법을 찾으라고? 말이야 쉽지. 하지만 어떻게 하냐고!"

"그건 네가 생각해내야 해. 나로선 너희를 전혀 도와줄 수 없어. 내 모습이 눈에 띄면 오히려 일을 망칠 위험이 있거든. 그러니 아까 결정한 대로, 난 이 길로 알프레드 삼촌에게 달려가 이 사실을 알리고 나서 너희를 보러 다시 이쪽으로 올게. 양을 꼭 되찾길 바란다."

델핀과 쥘을 땅에 내려준 검은 말은 빠른 속도로 멀어졌고, 남은 친구들은 회의를 열었어요. 두 아이는 군인의 동정심을 유발시키는 데 희망을 걸었으나, 쥘은 겁주는 게 더 확실하다고 생각했죠. 쥘이 말했어요.

"내 나팔을 안 가져온 게 안타까워. 코앞에 대고 '뚜' 나팔을 불고 나서 '양을 내놔!'라고 하면 되는데."

검은 말의 충고에도 오리는 양을 몰래 풀어주겠다는 계획을 단념하지 않았어요. 그래서 군인이 비틀거리며 주막 문턱을 나설 때까지도 아이들을 설득하려 했어요. 군인은 잠시 주저하더니 모자를 머리에 쓰고 있는지 확인한 다음, 길을 떠날 생각으로 양에게 다가갔어요. 이제 오리는 자신의 계획을 포기해야만 했죠. 그때 갑자기 한 가지 생각이 오리의 머리를 스쳤어요. 오리가 목마에 단단히 매달리며 아이들에게 말했어요.

"다행히 군인이 등을 돌리고 있어. 이 틈에 날 내리막길로 힘껏 밀어줘. 내리막길 끝까지 닿았다가 주막 쪽 오르막길로 다시 몇 미터 더 올라갈 수 있게 아주 세게 밀어야 해."

마리네트는 목마의 줄을 힘껏 잡아당긴 채 빠른 속도로 앞서 출발했어요. 델핀과 쥘은 뒤에서 있는 힘을 다해 밀어주었어요. 내리막길 중턱까지 도달하기 직전에 목마를 놓은 뒤, 울타리 뒤로 숨어 멀리서 지켜보았어요.

목마에 올라탄 오리는 목이 터져라 "꽤액꽥!" 고함을 내지르며 비탈길을 굴러떨어져 내려갔어요. 오리의 소리에 뒤돌아선 군인이 술집 마당 한복판에 우뚝 선 채, 빠르게 달려오는 오리를 바라보고 있었어요. 내리막길 끝에 이르자 오리는 말을 세우려 애쓰는 척했어요. 오리가 소리쳤어요.

"워 워! 이런 망할 놈이 있나! 서지 못해? 워 워, 미쳤나!"

목마는 마치 명령을 따르기라도 하듯 주막 쪽으로 난 낮은 오르막길을 천천히 올라가 길가의 밭두렁 앞에서 멈추었어요. 다행히 바퀴가 풀잎 사이에 걸려서 목마는 뒤로 미끄러지지 않았어요. 재빨리 땅으로 뛰어내린 오리는 입을 벌린 채 쳐다보고 있는 군인에게 인사를 건넸어요.

"안녕하세요 군인 아저씨, 주막은 괜찮은가요?"

"글쎄, 뭐랄까…… 어쨌든 술맛은 좋았어."

너무 많이 마셔서 제대로 서 있기도 힘든 군인이 대답했어요. 오리가 다시 말했어요.

"저는 멀리서 온 탓에 좀 쉬어야 해요. 저 지칠 줄 모르는 녀석하고는 다르지요. 세상에 저런 녀석은 또 없을 거예요. 바람처럼 달리면서 아무리 애원해도 멈추려 들지를 않는다니까요. 저 녀석한테 100킬로미터를 달리는 것쯤은 아무것도 아니지요. 여기까지 오는 데 두 시간도 채 안 걸렸다니까요……"

군인은 이 천리마를 부러운 눈으로 쳐다보며 두 귀를 의심했어요. 하지만 눈에 술기운이 올라와서, 자신의 눈을 믿기보다는 오리의 말에 의지하기로 했어요.

"운도 좋네그려, 운이 좋아. 그렇고말고!"

군인이 한숨지었어요. 오리가 말했어요.

"제가 운이 좋다고 생각하세요? 하지만 제 얘기 좀 들어 보세요. 전 제 말이 맘에 들지 않아요. 왜 놀라시죠? 한가롭게 여행 중인 저한테 저 녀석은 너무 빨라요. 천천히 구경할

틈을 안 주거든요. 저한테 필요한 건 한 걸음 한 걸음 천천히 가면서 볼거리를 보게 해주는 말이랍니다."

좀 전에 마신 포도주로 인해 점점 더 술기운이 오른 군인에게는 목마가 달리고 싶어 안달하는 것처럼 보였죠. 군인이 약삭빠른 얼굴로 말했어요.

"이런 말을 해도 될는지 모르겠는데…… 혹시 말을 서로 바꾸는 건 어떨까? 난 몹시 바쁘거든. 나한테 마침 양이 한 마리 있는데, 어찌나 느린지…… 내가 미치겠어."

오리는 양에게 다가갔어요. 의심스러운 눈으로 양을 살피면서, 자신의 부리로 양의 발을 더듬는 시늉을 했어요.

"아주 작네요."

오리가 양을 아래위로 훑어보며 말했어요. 군인이 대답했어요.

"내가 막 털을 깎았어. 하지만 클 만큼 다 큰 양이야. 널 태우기엔 충분해. 그런 문제라면 걱정할 것 없어. 나도 잘 태웠으니까. 그리고 얼마나 잘 달리는지 보면 알 거야!"

"잘 달린다고요!" 오리가 소리쳤어요. "달리다니! 아하, 군인 아저씨. 아저씨네 양은 무턱대고 전속력으로 달리는 거 아닌가요? 그렇다면 바꿔봐야 내게 무슨 이득이 있겠어요."

그러자 군인은 당황해서 어쩔 줄 모르며 대답했어요.

"내가 설명을 잘못했어. 사실을 다 말해줄게. 이 녀석처럼 순하고 느려터진 데다 힘도 없는 양은 또 없을 거다. 거북이나 달팽이보다도 더 느려터졌다니까!"

"정말이요? 도저히 믿을 수가 없어요. 하지만 군인 아저씨. 아저씨의 눈이 정직해 보여서 믿음이 가니 결정하겠어요. 바꾸죠!"

오리가 대답했어요. 오리의 마음이 바뀔까 염려스러웠던 군인은 묶어놓은 양을 서둘러 풀어주고는 등에 오리를 앉혀주었어요. 오리는 조금 전, 주막에서 쉬었다 간다던 말을 언제 했냐는 듯 양과 함께 황급히 떠나가기 바빴죠. 그러자 군인이 소리쳤어요.

"어이, 이봐! 왜 이리 서두르나! 내 칼도 가지고 가면 어떡해!"

군인은 양의 어깨에 가로로 걸쳐 묶어둔 칼을 풀어 자기 옆구리에 차고는 목마를 돌아보며 말했어요.

"자, 우리도 떠날 준비를 하자."

오리가 충고 한마디를 했어요.

"먼저 물을 주는 게 좋을 것 같네요. 혀를 쑥 빼고 있는 게 보이시죠!"

"맞아. 내가 미처 신경을 쓰지 못했군."

군인이 우물가로 물을 길으러 간 사이, 오리와 양은 큰길을 건너 아이들과 합류하기 위해 뛰어갔어요. 아이들은 주막 마당이 보이는 키 큰 호밀밭 뒤에 숨어 있었지요. 델핀과 마리네트는 숨이 막힐 정도로 양을 끌어안았고, 일행 모두 감동의 눈물을 흘렸답니다. 이 감격의 순간은 주막 앞마당에서 벌어지는 광경에 눈길이 쏠리지 않았더라면 더 오래 갔을 거예요.

군인은 목마 앞에 물동이를 두고서는 물을 마시라고 고함을 질러대고 있었어요.

"어서 마셔, 이 고약한 놈아! 셋까지 세겠다. 하나 둘 셋! 됐어! 다음에 먹어!"

그리고 물동이를 걷어차 뒤집어엎더니 목마에 올라타서는 옆구리를 걷어차며, 제자리에 우두커니 서 있는 목마에 짜증을 내고 안달복달했어요. 처음에는 욕을 하기 시작하더니 그래도 목마가 꼼짝하지 않자 결국 내려서 투덜거렸죠.

"좋아, 이제 남은 일은 한 가지뿐이군!"

말이 끝나기가 무섭게 그는 큰 칼을 뽑아 불쌍한 목마의 목을 단번에 베어버렸어요. 목은 데굴데굴 굴러 먼지 구덩이 속으로 처박혔어요. 그러고 나서 군인은 칼을 칼집에 다시 집어넣고는 걸어서 전쟁터로 떠나버렸어요. 아마도 지금쯤은 장군이 되었을지도 모르겠어요. 그야 알 수 없는 일이죠.

돌아오는 길에 델핀은 목마의 목을 옆구리에 끼고, 마리네트는 목 없는 목마를 밧줄로 묶어서 끌고 갔어요. 자기 말의 처형식을 지켜본 꼬마 쥘은 처음엔 무척 가슴이 아팠지만, 아이들과 양이 기뻐하는 모습을 바라보며 이내 위로받았어요. 그러나 쥘에게 무엇보다 가장 큰 슬픔은 새로 만난 친구들이 집으로 돌아가서 그들과 헤어지는 일이었어요. 엄마가 목을 도로 붙여주겠다고 아무리 약속해도, 마을 저편으로 사라지는 아이들을 보면서 쥘은 코를 훌쩍이고 울지 않을 수 없었어요.

델핀과 마리네트는 자신들을 맞아들일 엄마 아빠의 태도를 생각하며 불안해했어요. 아니나 다를까, 엄마 아빠는 계속 딸들의 이야기를 했고 아이들이 도착했을 때는 마침 이런 말을 하던 참이었답니다.

"디저트는 없어, 맨 빵만 줘야지. 귀를 확 잡아당겨버릴까 보다. 이것들. 우리가 뻔히 보는 데서 낯선 말을 타고 달아나다니. 단단히 혼을 내줘야 해!"

그러고는 문지방이 닳도록 들락날락하며, 아이들이 사라진 쪽을 연방 바라보곤 했어요. 그런데 갑자기 반대편에서 말발굽 소리가 들려왔어요. 엄마 아빠는 온몸을 떨며 소리쳤죠.

"알프레드 삼촌이다!"

정말로 그건 검은 말을 타고 집을 향해 오고 있는 알프레드 삼촌이었어요. 멀리서도 삼촌은 화가 난 듯 보였어요. 불쌍한 엄마 아빠는 얼굴이 하얗게 질려서는 두 손을 꽉 쥐고 불안에 떨며 낮은 목소리로 말했어요.

"우린 끝났어! 삼촌이 죄다 알게 될 거야, 죄다! 그 착한 양을 줘버린 게 잘못이지, 너무나 후회가 돼! 아아, 양아!"

"저 여기 있어요!"

어디선가 양의 목소리가 들렸어요. 양이 마당 한 귀퉁이에 나타났어요. 뒤에는 오리와 아이들이 따라오고 있었고요.

엄마 아빠는 너무나 기뻐 덩실덩실 춤을 추었어요. 야단을 치는 대신 아이들에게 예쁜 새 슬리퍼와 앞치마를 사주겠다고 약속했어요. 그러고는 말에 올라앉아 여전히 미심쩍은 눈으로 바라보고 있는 알프레드 삼촌 앞에서 자신들이 직접 양의 뿔에 분홍 리본을 하나씩 달아주었어요. 끝으로, 오리는 저녁 식사에 초대받아 두 아이들 사이에 앉아서는 여느 사람 못지않은 점잖은 태도를 보여주었답니다.

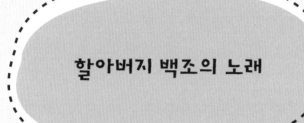

# 할아버지 백조의 노래

이른 아침, 엄마 아빠는 시내에 갈 채비를 하고는 집을 나서면서 델핀과 마리네트에게 말했어요.

"엄마 아빠는 밤에나 돌아올 거야. 얌전히 놀아야 한다. 특히 집 밖으로 멀리 나가면 안 돼. 안마당이나 뒤뜰 아니면 꽃밭에서는 놀아도, 저 큰길은 건너가지 마. 혹시라도 저 길을 건넜다간 엄마 아빠가 돌아와서…… 알지?"

다짐을 받아내려는 듯 엄마 아빠는 눈을 부릅뜨고 아이들을 바라보았어요. 델핀과 마리네트가 대답했어요.

"걱정하지 마세요. 큰길은 건너가지 않을게요."

"좋아. 두고 볼 거야."

이 말을 마치고 엄마 아빠는 매섭고 미심쩍은 눈초리로

딸들을 한번 바라본 후, 바쁜 걸음으로 집에서 멀어져갔어요. 아이들은 처음에는 부모님 말을 마음에 두었지만, 마당에서 잠시 놀고 난 후에는 더 이상 신경 쓰지 않았어요. 아침 9시경, 델핀과 마리네트는 자기도 모르게 큰길가에 나와 있었는데 둘 다 길을 건너고 싶은 마음은 없었어요. 그런데 건너편 밭에서 걸어가고 있는 하얀 새끼 염소를 마리네트가 발견하고는, 델핀이 미처 붙잡을 새도 없이 성큼성큼 세 발자국 만에 큰길을 건너더니 새끼 염소를 향해 벌써 달려갔죠. 마리네트가 말을 걸었어요.

"안녕!"

"안녕, 안녕!"

염소는 걸음을 멈추지 않은 채 대답했어요.

"넌 정말 빨리 걷는구나! 어디 가는 거야?"

"길 잃은 아이들의 모임에 가는 중이야. 그래서 놀 시간이 없단다."

하얀 새끼 염소는 장대 높이의 밀밭으로 들어가 사라져버렸어요. 마리네트와 그 곁으로 다가온 델핀은 그만 넋이 나간 듯 멈춰 서버렸지요. 둘이 큰길을 다시 건너려 할 때, 거기서 약 50미터가량 떨어진 곳에서 노란색 가슴 털이 보송보송한 새끼 오리들이 바삐 걸어가는 것이 눈에 띄었어요. 아이들이 오리 곁으로 다가가며 인사했어요.

"안녕, 아기 오리들아!"

새끼 오리 두 마리는 걸음을 멈추고 배를 바닥에 붙인 채 엎드렸어요. 잠시 쉬게 된 것이 싫지는 않은 것 같았어요. 두 오리 중 하나가 말했어요.

"안녕, 애들아. 날씨가 정말 좋구나. 그렇지? 그런데 왜 이렇게 덥지! 내 동생은 벌써 몹시 지쳤어."

"그런 것 같네. 너희는 멀리서 오는 길이니?"

"응. 아주 멀리서 오는 길이야. 그리고 아직도 더 멀리 가야 해."

"도대체 어디에 가는 건데?"

"길 잃은 아이들의 모임에 가는 중이야. 좀 쉬었으니 이제 다시 길을 떠나야겠다. 늦으면 안 되니까!"

델핀과 마리네트는 좀더 설명을 듣고 싶었지만 새끼 오리 두 마리는 아이들의 말을 듣지 못하고 어느새 호밀밭으로 사라져버렸어요. 아이들은 따라가보고 싶은 마음이 굴뚝같았으나 잠시 머뭇거렸어요. 엄마 아빠가 큰길을 건너지 말라고 했던 말이 생각났기 때문이에요. 그런데 솔직히 이미 큰길을 한참이나 건너온 뒤라 엄마 아빠 말을 기억한다 해도 소용이 없었죠. 그래도 아이들은 집으로 돌아가기로 결심했어요. 그 순간, 델핀은 숲 가 풀밭에서 움직이는 하얀 점을 발견하고는 마리네트에게 가리켜 보였어요. 둘은 좀더 가까이 다가가 보아야 했어요. 아이들 앞에는 고양이 반만 한 몸집의 아주 자그마하고 어린 하얀 강아지 한 마리가 서둘러 풀 위를 걷고 있었어요. 어려서인지 강아지는 아직 다리의 힘이 세지 않아서 한 걸음 뗄 때마다 비틀거렸어요. 아이들이 묻자 강아지는 멈춰서 대답했어요.

"길 잃은 아이들의 모임에 가는 길이야. 그런데 정각에 도착하지 못할까 봐 걱정이야. 생각해봐! 12시 전에 도착해야 하는데, 내 이 작은 다리로는 한 번에 멀리 갈 수도 없는 데다 금방 지쳐버리거든."

"길 잃은 아이들의 모임에서는 뭘 하는데?"

"설명해줄게. 나처럼 부모님이 안 계신 아이들이 새 가족을 찾기 위해 길 잃은 아이들의 모임에 가는 거야. 어제 한 어린 강아지에 대해 말하는 걸 들었는데, 작년 모임에서는 여우가 강아지를 입양했대. 하지만 방금 전에 말했듯이, 난 모임에 늦을까 봐 걱정돼."

순간 잠자리를 발견한 작고 하얀 강아지가 갑자기 두 발로 발딱 일어서더니 깡충깡충 뛰어오르며 짖어댔고, 자기 꼬리를 쫓아 뱅글뱅글 세 바퀴를 돌다가 풀밭에서 데굴데굴 구르고는 마침내 숨이 차서 혀를 내밀고 바닥에 드러누웠어요.

"봤어?" 숨을 가다듬은 후 강아지가 다시 말을 이었어요. "아, 또 장난을 쳐버렸네. 나도 정말 어쩔 수가 없어. 참을 수가 없단다. 이해하지? 나는 아직 어리잖아. 그래서인가…… 한 발짝 걸을 때마다 장난을 치게 돼. 일부러 그러는 게 아니야. 그러니 빨리 가질 못하는 거야. 정말 도착할 가망이 없어. 솔직히 기대도 하지 않아. 나도 너희처럼 다리가 길면 좋겠다."

작고 하얀 강아지는 아주 슬퍼 보였어요. 델핀과 마리네트는 서로 빤히 쳐다보다가 이미 한참을 지나와버린 큰길가를 바라보았어요. 마침내 델핀이 말했어요.

"아기 멍멍아. 내가 길 잃은 아이들의 모임까지 데려다주면 좀더 빨리 도착할 수 있을 것 같니?"

"아 물론이지! 너희의 그 긴 다리라면 가능하고말고!"

작고 하얀 강아지가 말했어요.

"그럼 당장 떠나자. 빨리 걸으면 금방 다녀올 수 있을 거야. 네 약속 장소는 어디야?"

"나도 몰라. 한 번도 가본 적은 없어. 하지만 저기 우리 앞에서 날고 있는 까치가 보이지? 저 까치가 우리에게 길을 안내해줄 거야. 걱정 말고 따라가면 거기까지 갈 수 있어."

델핀과 마리네트는 한 사람씩 번갈아가며 작은 강아지를 품에 안고 길을 떠났어요. 아이들 앞에서 날고 있는 까치는 가끔씩 눈에 잘 띄는 풀밭이나 오솔길 한가운데에 내려앉았다가 다시 날아올라 조금 더 먼 곳에 내려앉곤 했어요. 하얀 강아지는 출발할 때부터 이미 델핀의 품 안에서 잠들어버렸어요. 두 시간 정도 지나 커다란 연못가에 도착했을 때에야 겨우 잠에서 깨어났죠. 까치가 마리네트의 어깨 위에 내려앉아서는 아이들에게 말했어요.

"저기 갈대숲 옆으로 가서 누군가가 너희를 찾으러 올 때까지 기다리렴. 그럼 행운을 빈다. 안녕!"

까치는 날아가버렸어요. 주변을 둘러본 아이들은 그들만 있는 것이 아니라는 걸 알 수 있었어요. 연못가 풀밭에는 새끼 동물들이 무리 지어 앉아 있었고 다른 많은 동물도 속속 도착하고 있었어요. 새끼 양, 새끼 염소, 새끼 멧돼지, 고양이, 병아리, 새끼 오리에 새끼 토끼 등 여러 종류의 동물이 있었어요. 오랫동안 걷느라 지친 델핀과 마리네트도 앉아서 쉬었어요. 델핀이 졸기 시작할 때 마리네트가 소리쳤어요.

"저기 좀 봐. 백조다!"

델핀이 눈을 번쩍 뜨자, 갈대숲 너머로 커다란 백조 두 마리가 섬을 향해 연못 위를 헤엄쳐 가는 모습이 보였어요. 등에 새끼 토끼를 태우고 그 섬을 향해 가고 있는 다른 백조들도 눈에 띄었죠. 좀더 먼 곳에서는 또 다른 백조 두 마리가 갈대와 나뭇가지로 엮어 만든 뗏목을 끌고 있었는데, 그 위에는 겁에 질려 울면서 소리치는 송아지가 타고 있었어요. 연못 전체가 끊임없이 이리저리 오가는 커다란 새들로 온통 하얗게 뒤덮여 있었어요. 아이들은 이 모습에 놀라 어안이 벙벙했어요. 그런데 갑자기 아이들이 앉아 있는 풀밭 근처 갈대숲에서 백조 한 마리가 불쑥 나타나서는 곧장 아이들에게 다가왔어요. 무서운 눈매의 백조가 메마른 목소리로 물었어요.

"길 잃은 아이들이니?"

"네" 하고 무릎 위에 누워 잠들어버린 하얀 강아지를 가리키며 마리네트가 대답했어요. 백조가 고개를 돌려 길게 휘파람을 불자, 다른 백조 두 마리가 곧바로 뗏목을 끌고 다가왔어요. 뗏목에 태우는 일을 관장하는 듯한 백조가 명령했어요.

"타렴."

"잠깐만요. 설명을 좀 해드릴게요. 저희는……"

델핀이 말했어요.

"설명 따윈 필요 없어." 백조가 델핀의 말을 가차 없이 잘라버렸어요. "설명은 섬에 가서 해. 굳이 하고 싶다면! 자 서둘러."

"말씀드릴 게……"

"조용히 해!"

백조는 한쪽 눈을 무섭게 흘기면서, 그렇지 않아도 긴 목을 더욱 길게 늘려 협박하듯 부리로 아이들의 종아리를 쪼아댔어요.

"자, 말 들어. 여기서 꾸물거릴 시간이 없어."

뗏목을 끄는 백조 중 한 마리가 말했어요.

겁에 질린 아이들은 더 이상 대들지 못한 채 뗏목에 올라탔어요. 백조 두 마리는 곧바로 출발했고 연못 한복판을 지나 섬을 향해 헤엄쳐 갔어요. 배를 타고 연못 위를 둥둥 떠가는 물놀이에 기분이 좋아진 아이들은 연못가를 떠나 온게 후회되지 않았어요. 다른 동물들을 이미 데려다 놓고 섬에서 되돌아 나오는 백조들과도 마주쳤어요. 작은 새끼 고양이나 멧돼지만을 가볍게 태운 다른 백조들은 두 아이가탄 뗏목을 지나 곧 섬에 도착했어요. 작고 하얀 강아지는 너무나 신이 나서 물장난을 치고 싶었던 나머지, 몇 번이나 마리네트의 품에서 뛰쳐나와 물속으로 뛰어들려 했어요. 뗏목은 15분 조금 넘도록 물 위를 떠 갔어요.

뗏목에서 내리자, 대기하고 있던 백조 한 마리가 두 아이와 하얀 강아지를 자작나무 그늘로 데려가서는 허락 없이멀리 가는 것은 금지라고 일러두었어요. 델핀과 마리네트는둘을 둘러싸고 있는 어린 동물들 사이에서 방금 전 연못가에서 본 동물들은 물론 새끼 염소와 두 마리의 새끼 오리도알아보았어요. 마리네트가 세어보니 온갖 종류의 부모 잃은 새끼들이 거의 마흔 마리에 이르렀고 백조들은 수시로어린 동물들을 더 데려왔어요. 새끼들은 곧 새로운 가족이생긴다는 사실에 설레는 마음으로 다들 조용히 있었지요.

섬의 반대편에는 또 다른 동물들이 무리 지어 앉아 있었어요. 덤불숲에 가려 잘 보이지는 않았지만 그곳에는 지긋한 나이의 동물들이 있다는 걸 알 수 있었죠. 동물들은 꽤나 수다스러웠고 떠드는 소리는 아이들에게까지 들려왔어요.

15분쯤 지났을까…… 델핀은 길 잃은 새끼 동물들을 보살피는 책임을 맡고 있는 듯 어린 새끼들 앞을 지나다니는 나이 많은 백조 한 마리를 보았어요. 이 나이 든 백조는 고개를 좌우로 흔들면서 인자한 표정으로 걷고 있었어요. 델핀이 팔을 들어 손짓을 하자, 백조가 다가와서 다정하게 말했어요.

"안녕, 얘들아. 아주 화창한 봄날이지?…… 기분은 어떠니? 그런데 나는 귀가 좀 어두워."

"저랑 제 동생은 집으로 돌아가고 싶어요."

"그래, 고맙구나. 나이에 비해 나는 아주 건강한 편이지."

정말로 가는귀가 먹은 할아버지 백조는 동문서답을 했어요.

"저희는 집에 돌아가야 해요."

델핀이 목청을 높여 말했어요.

"맞아 맞아. 이제 더워지기 시작하는구나."

그러자 델핀은 백조의 귀에 바짝 대고, 있는 힘을 다해 고함을 질렀어요.

"우리는 기다릴 시간이 없어요! 집으로 돌아가야 한다고요!……"

델핀의 말이 채 끝나기도 전에, 아까 뗏목에 아이들을 태워 온 바로 그 백조가 덤불숲에서 나와 호통을 쳤어요.

"이런, 또 이 꼬마들이군! 도대체 이 애들 소리밖에 안 들리잖아! 정말 지긋지긋해!"

"언니가 설명하려는 건 말이죠……"

마리네트가 설명하려 했어요.

"조용히 해! 버르장머리 없는 것들 같으니. 연못의 물고기 밥이 되고 싶지 않으면 입을 다물어! 너희 자리로 돌아가, 어서!"

이 말을 하고 나서 백조는 멀리 가버렸고 가끔 무서운 눈초리로 아이들을 돌아보았어요. 말하는 것을 포기한 아이들은 더위로 지쳐 자작나무 아래서 잠들어버렸어요.

잠에서 깨어난 후 아이들은 깜짝 놀라고 말았어요. 바로 몇 발짝 떨어진 곳에서 길 잃은 새끼 동물들 쪽으로 등을 돌린 백조 여섯 마리가 작은 언덕을 연단 삼아서 세 마리는 오른쪽에, 세 마리는 왼쪽에 자리를 잡고 앉아 있었어요. 그들 앞으로는 방금 전에 아이들 반대편에서 떠들고 있던 동물들이 질서 정연하게 앉아 있었어요. 돼지, 토끼, 오리, 멧돼지, 사슴, 양, 염소, 여우, 소, 심지어 거북이도 있었어요.

모두가 연단 쪽을 바라보며 누군가가 나타나기를 기다리는 듯했어요. 오래지 않아 일곱번째 백조가 동료들 가운데에 자리를 잡은 후, 모여 있는 동물들에게 정중하게 인사를 하고서 연설을 시작했어요.

"사랑하는 친우 여러분, 길 잃은 아이들의 모임이 다시 돌아왔습니다. 잊지 않고 참석해주셔서 진심으로 감사드립니다. 여러분 각자 마음의 소리에 귀 기울이시되 형편에 따라 좋은 선택 하시길 부탁드립니다. 자, 지금부터 모임을 시작합니다!"

맨 처음 연단 위로 올라온 길 잃은 아이는 새끼 양으로, 모임의 회원인 어른 양에게 바로 입양되었어요. 뒤를 이어 연단에 오른 새끼 멧돼지는 어떤 멧돼지 가족이 데려갔어요. 엄마 아빠 없는 아이들의 행렬은 델핀과 마리네트가 아침에 만났던 새끼 오리 두 마리를 아들로 삼겠다고 여우가 주장하는 순간까지 별 탈 없이 진행되었어요.

"저보다 더 나은 아빠는 찾을 수 없을 겁니다. 내가 정성

236

을 다해 아이를 보살필 테니, 믿어주셔요!"

여우가 큰 소리로 외쳤어요.

모임의 시작을 알렸던 백조가 옆자리의 동료들과 소리를 낮춰 한동안 속삭이고 나서는 여우에게 말했어요.

"여우 씨, 길 잃은 아이들을 위하는 당신의 마음을 의심하고 싶지는 않아요. 여우 씨가 아이들을 가장 잘 돌보리라는 것도 인정합니다. 하지만 아이들의 행복이 너무 짧으면 어쩌나 걱정이 됩니다. 새끼 오리 두 마리는 여우에게 크나큰 유혹이 될 테니까요."

"단도직입적으로 말하지 그래! 내가 저 애들을 잡아먹고 싶어 한다고 말이야!"

여우가 고함을 질렀어요.

"자, 자. 좀 분별 있게 생각해봐요."

"아니야. 아주 불쾌해. 내가 봉사하는 마음으로 저 불쌍한 새끼들을 입양하겠다고 한 건데, 내 의도를 완전히 무시하다니! 이건 정말이지 말도 안 돼! 나에 대한 모욕이야. 다른 동물들도 모두 여기로 불러오겠어!"

"그만!" 백조가 단호하게 말했어요. "저 새끼 오리 두 마리가 연단에 올랐을 때, 재네들을 바라보는 당신의 눈빛을 우리 모두가 똑똑히 보았어요. 애정과 희생정신을 새끼 여우들에게 베풀도록 해요. 어찌되었건 당신은 새끼 오리들을 입양할 수 없습니다!"

군중 사이에서 백조 말이 옳다고 수군대는 소리가 들렸고 여우는 감히 더 이상 아무 말도 하지 못했어요. 새끼 오리들은 이미 새끼 오리 네 마리를 입양한 훌륭한 어미 오리에게 맡겨졌죠. 다른 길 잃은 새끼들도 연단에 올라왔고 이제 작고 하얀 강아지 차례가 되었어요. 불독 가족이 조금도 주저 없이 입양했죠. 새로운 가족들에게 가기 전에, 하얀 강아지는 자작나무 아래 남아 있던 델핀과 마리네트에게 작별 인사를 하듯 뒤돌아보았어요.

"자, 이제 엄마 잃은 두 아이만 남았습니다. 두 여자아이들이에요."

백조가 말했어요.

동물들 사이에 호기심의 물결이 일 때, 반대편에서 괴성이 들렸어요. 백조 두 마리가 델핀과 마리네트를 연단 위로 끌어올리려 했고, 아이들은 있는 힘을 다해 저항했거든요. 두 백조는 말을 듣지 않으면 종아리를 부리로 쪼겠다고 아이들보다 더 크게 악을 쓰며 협박했어요.

"도대체 웬 소란이야!" 연단 위에 있던 백조가 고개를 돌리며 소리쳤어요. "얼씨구, 또 저 여자아이들이군! 저 애들은 도저히 감당이 안 된다고들 하더군. 하지만 나한텐 안 통해. 어서 이리 올라와. 이 버르장머리 없는 것들아!"

델핀과 마리네트는 연단 위로 떠밀려 올라와 백조의 양 옆에 꿇어 앉혀졌어요.

"이제 조금 얌전해졌구나. 지금은 아주 중요한 순간이야!"

"저기요, 제 말 좀 들어보세요. 지금 오해하고 계세요. 제 말은……"

델핀이 애원하듯 말했어요.

"조용히 해! 부끄럽지도 않니? 이 배은망덕한 것들 같으니!"

"정말이지, 말 좀 하게 해달라구요!" 마리네트가 소리를 질렀어요. "조용히 하라는 당신 말도 이제 지긋지긋해!"

연단에 있던 백조들은 마리네트의 말에 너무도 놀란 나머지 모두 한꺼번에 일어섰어요. 몹시 위협적인 백조들의 태도에 겁에 질린 아이들은 얼굴을 앞치마 속에 파묻었어요. 잠시 침묵이 흐른 뒤 백조가 모여 있던 동물들을 향해 말했어요.

"길 잃은 아이들 모임에서 이런 불미스러운 일이 발생한 건 이번이 처음이에요. 내 귀를 믿을 수가 없네요. 이 두 여자아이들이 얼마나 버릇없이 자랐을지는 여러분이 판단할 수 있을 겁니다. 잠시 그 부분은 잊으시고 여러분 마음의 소리를 들어보세요. 어찌되었건 이 꼬마들은 그저 어린아이들일 뿐이고, 저런 감정이 이는 것은 아마도 버릇없이 자란 탓일 겁니다. 이 아이들을 제대로 된 길로 다시 인도하기 위해서는 조심스럽고 사랑 넘치는 엄마 아빠의 단호함이면 충분하리라 생각합니다. 자, 여러분 중 누가 이 아이들을 돌보시겠습니까?"

아이들은 고개를 들어 동물들을 바라보았으나 대답이 없었어요. 둘은 백조의 질문에 아무도 대답할 것 같지 않다고 목소리를 낮춰 서로 속삭였죠.

델핀과 마리네트는 오히려 마음이 편했어요. 입양하겠다고 마음먹은 동물이 아무도 없으면 자기들은 자유로울 수 있을 테니 말이에요. 맨 끝줄에는 새로운 가족의 품에서 잠든 작고 하얀 강아지가 보였어요. 강아지가 깨어 있었다면 자기 친구들인 두 여자아이를 입양해달라고 불독 엄마 아빠에게 졸라댔을지도 몰라요.

"아무도 이 아이들을 데려갈 생각이 없나요?" 백조가 물었습니다. "그렇다고 이 두 아이를 엄마 아빠도 없이 그냥 내버려 둘 수는 없지 않나요? 여우 씨, 새끼 오리를 데려가려고 그리도 애쓰더니, 이 아이들은 전혀 마음에 없나요?"

"그랬으면 좋겠지만, 아시잖아요. 제가 마음이 좀 여려요. 너무 착하다 보니 이런 예의 없는 아이들을 키우기엔 엄격하지가 못한답니다. 정말이지 이 아이들을 데려갈 수는 없어요. 안타깝기는 한데 이 아이들에게도 그게 더 나을 듯해요."

백조는 방금 전에 새끼 사슴을 입양한 아빠 사슴에게도 같은 제안을 했어요.

"저도 이 아이들을 데려갈까 생각해보긴 했는데 그건 미친 짓이에요. 저는 늘 인간과 사냥개 그리고 총을 피해 평생 이리저리 뛰어다니며 살고 있잖아요. 아니에요. 이건 정말 현명하지 못해요. 안타깝네요. 정말 예쁜 아이들인데."

백조는 다른 동물들에게도 권해보았지만, 아무도 아이들을 맡으려 하지 않았어요. 멧돼지에게도 권해보았으나 그 역시 아이들을 데려갈 수 없다고 했는데, 그때 모임의 맨 앞줄에 앉아 있던 거북이가 등딱지 밖으로 목을 길게 내밀더니 침착한 표정으로 천천히 말했어요.

"아무도 데려가지 않는다면, 내가 저 아이들을 데려가 겠소."

이 갑작스러운 제안에 동물들은 포복절도할 정도로 웃어 댔고, 델핀과 마리네트도 거북이의 딸이 된다는 생각에 웃 지 않을 수 없었어요. 백조는 좌중의 소란을 가라앉힌 후 거 북이에게 다정하게 감사의 뜻을 전했고 그의 너그러운 마 음에 대해 칭찬을 아끼지 않았어요. 그러고는 거북이의 마 음이 상하지 않도록 최대한 신경 쓰면서, 이 커다란 두 여 자아이를 키우기에는 거북이가 너무 작고 걸음걸이가 지나 치게 느리다는 점을 에둘러 말했지요. 거북이는 아무 대꾸 도 하지 않았지만 화났다는 표시로 머리를 등딱지 안으로 집어넣어버렸어요. 아무도 아이들을 데려간다고 하지 않자 백조는 동료 백조들과 목소리를 낮추어 상의하기 시작했어 요. 벌써부터 자유의 몸이 되었다고 생각한 델핀과 마리네 트는 백조들이 당황한 것을 그저 재미있어했어요. 마침내 백조가 제자리로 돌아와 목청을 높여 선언했어요.

"저와 형제들이 이 두 여자아이를 데려가기로 결정했습 니다. 저 버릇없는 말썽꾸러기들을 제대로 키우는 데 우리의 엄격함과 노력이면 충분히 가능하다고 생각합니다. 내년에 길 잃은 아이들의 모임에 다시 오시면, 아이들의 발전한 모습에 놀라시게 될 겁니다."

아이들은 여기까지 오게 된 사정을 다시 한번 설명하기 위해 일어났지만 백조들은 그럴 틈을 주지 않고 연단에서 내려보낸 다음, 귀가 어두운 할아버지 백조가 지키고 있는 섬 한구석으로 데려갔어요. 아이들은 동물들이 연못을 건너 떠나가는 것을 먼발치에서 바라보았어요.

델핀은 마리네트를 안심시키려고 애를 썼어요.

"동물들이 연못을 다 건너가면, 백조들이 다시 섬으로 돌아올 거야. 그때 언니가 확실하게 말할게. 언제까지고 우리가 말 못 하게 막을 순 없어."

"그런데 시간이 계속 가잖아. 엄마 아빠가 곧 돌아오실 텐데 우리보다 먼저 도착하시면 어쩌지…… 큰길을 건너지 말라고 하셨는데…… 아! 생각하기도 싫어."

마리네트가 말했어요.

4시경이 되자, 모든 동물이 연못을 건너갔는데도 백조들이 다시 돌아올 기미는 보이지 않았어요. 멀리서 물고기를 잡느라 정신이 없었고 섬은 텅 비어 있었어요. 점점 더 걱정이 된 델핀과 마리네트는 울상을 하고 있었어요. 아이들의 우울한 표정을 본 할아버지 백조는 아이들을 위로하려고 애썼어요.

"너희와 이곳에 함께 있게 되어 얼마나 기쁜지 모르겠구나. 벌써 나는 너희 없이는 못 살 것 같다는 생각이 들어." 할아버지 백조가 말했어요. "오늘은 별로 재미가 없지? 쉬라고 너희를 섬에 그냥 놔둔 거야. 하지만 내일은 수영하고 고기 잡는 법을 배우게 될 거다. 여기서 사는 게 얼마나 즐거운지 너희도 알게 될 거야. 참, 혹시 너희 배고프니?"

사실 아이들은 배가 고팠어요. 할아버지 백조는 기다리라 하고는 잠시 자리를 비웠다가 곧 부리에 물고기 한 마리를 물고 돌아왔어요. 백조가 아이들 앞에 물고기를 내려놓으며 말했어요.

"자 어서 먹으렴. 팔팔하게 살아 신선할 때 먹어야지. 또 더 갖다주마."

아이들은 고개를 설레설레 흔들며 뒤로 물러났어요. 마리네트는 물고기를 집어 연못에 다시 놓아주었어요. 할아버지 백조는 어안이 벙벙해져서 말했어요.

"어떻게 물고기를 좋아하지 않을 수 있지? 목구멍에 물고기가 팔딱거리는 느낌이 얼마나 좋은데. 어쨌든 너희한테는 다른 먹이를 주어야겠구나. 흐음, 뭐가 좋을까……"

하지만 아이들은 너무나 걱정이 되어 배고픈 것은 더 이상 생각지도 못했어요. 얼마 후 해가 연못 뒤편 숲 너머로 넘어가버렸어요. 적어도 저녁 6시는 되었을 것이고 엄마 아빠는 벌써 돌아오는 중일 거예요. 겁에 질린 델핀과 마리네트는 울기 시작했어요. 아이들의 눈물을 보면서 할아버지 백조는 아이들 주변을 빙빙 돌았어요.

"너희 왜 그러니? 도대체 무슨 일이니? 아, 늙어서 귀가 잘 들리지 않으니 정말 속상하구나. 아이들은 얼마나 예쁜지! 아, 맞아! 내게 좋은 생각이 있다. 나를 따라와보렴. 물 위에 있으면, 나는 무슨 말이든 다 들을 수 있거든."

할아버지 백조가 연못으로 들어가 부리를 물속에 담그고 있는 동안 델핀은 엄마 아빠의 당부에도 불구하고 마리네트와 어떻게 큰길을 건너왔는지, 또 그 후 무슨 일이 일어났는지를 모두 이야기했어요. 델핀이 이야기를 마치자, 할아버지 백조는 연못 한가운데로 헤엄쳐 가서는 그가 할 수 있는 한, 온 힘을 다해 크게 휘파람을 불었어요. 그러자 주변에서 물고기를 잡던 백조들이 즉시 그 앞으로 동그랗게 모여들었어요.

"이런 한심한 녀석들!" 할아버지 백조는 분노로 부들부들 떨면서 소리쳤어요. "너희를 당장 이 연못에서 쫓아내버릴까 보다! 너희는 백조들의 수치야! 이 두 아이는 부모 잃은 불쌍한 강아지를 여기까지 데려다준 착한 애들이야. 그런데 이렇게 잡아놓는 것으로 은혜를 갚다니! 너희의 바보 같은 짓을 듣게 하느라 저 애들은 입도 뻥끗 못 하게 하다니!"

백조들은 고개도 들지 못한 채 어쩔 줄 몰라 쩔쩔매고 있었어요.

"만약 저 애들이 엄마 아빠한테 야단이라도 맞는다면, 너희는 오늘이 제삿날이야!" 할아버지 백조는 다른 백조들을 섬으로 끌고 오면서 쩌렁쩌렁 호통을 쳤어요. "목을 조아려 아이들에게 용서를 빌어!"

아이들 곁으로 다가오며 할아버지 백조가 명령했어요.

강기슭으로 올라온 백조들은 아이들 앞에 엎드려 일제히 기다란 목을 땅바닥에 조아렸어요. 델핀과 마리네트는 당황스러웠죠.

"자, 이제 다섯이 한 조가 돼서 뗏목을 만들도록 해. 단

1분도 허비할 시간이 없으니, 어서 서둘러! 샛길을 통해 강으로 가서, 길에서 가장 가까운 곳까지 강을 거슬러 갈 거야. 당연히 아이들을 집까지 데려다줘야 해. 자, 어서 서둘러. 이 게으름뱅이들아!"

백조들은 달리기 시작했고 이내 뗏목을 준비했어요. 델핀과 마리네트는 다섯 마리 백조가 줄 지어 끄는 뗏목에 올라탔어요. 그 앞에서 다른 백조 여섯 마리는 뗏목이 지나가는 것을 방해할 만한 나뭇가지들을 치워주면서 길잡이 역할을 맡았고요. 할아버지 백조는 눈을 부릅뜬 채 뗏목 옆에서 헤엄쳤어요.

샛길에 접어들었을 때, 할아버지 백조의 건강을 염려한 동료 백조들은 그가 함께 가는 것을 말리려 했어요. 할아버지 연세에 이 긴 여행은 너무 위험하다는 거예요. 델핀과 마리네트 역시 할아버지 백조에게 섬으로 돌아가라고 간곡히 말했어요.

"마음 쓰지 말거라." 할아버지 백조가 대답했어요. "너희 둘을 야단맞지 않게 해야 하는 마당에, 이 늙은 백조의 목숨은 신경 쓸 거 없다. 자, 서두르자! 곧 날이 어두워지겠구나."

사실 이미 해가 져서 연못가에는 어둠이 드리워졌어요.

바람을 타고 뗏목이 샛길로 빠르게 이동했어요. 백조 다섯 마리는 있는 힘을 다해 뗏목을 끌었고 할아버지 백조는 숨을 헐떡이며 쫓아왔어요. 속도를 조금이라도 늦추려 하면 할아버지 백조가 버럭 소리를 지르곤 했어요.

"더 빨리! 굼벵이들 같으니! 아이들이 야단맞겠다!"

뗏목이 강기슭에 다다랐을 때는 이미 칠흑같이 어두운 밤이었어요. 일행은 어둠을 헤쳐나가며 거센 물살과 싸워야 했어요. 다행히 곧 달이 떠서 뗏목은 조금 더 수월하게 나아갈 수 있었지요. 마침내 할아버지 백조가 상륙 명령을 내렸어요. 몹시 피곤해 보이는 할아버지 백조에게 델핀과 마리네트는 쉬라고 권했지만 그는 전혀 듣지를 않고 우선 아이들부터 길가로 데려다주었어요. 할아버지 백조가 말했어요.

"지체하지 말렴. 늦을까 걱정이구나, 걱정이야."

자신들을 에워싸고 호위해주는 하얀 백조 무리와 함께 큰길에 도착한 아이들은 하마터면 비명을 지를 뻔했어요. 그들 앞 100미터 정도 거리에서 엄마 아빠가 등을 보인 채집을 향해 걸어가고 있었거든요. 손에는 바구니를 하나씩 들고 있었어요.

할아버지 백조가 상황을 알아차리고는 두 아이를 울타리가 쳐진 길 건너편으로 데려가서 나지막이 말했어요.

"이 울타리 밑으로 숨어서 뛰어가렴. 금방 너희 엄마 아빠를 앞질러 갈 수 있을 거야. 집 울타리까지 가게 되면 큰길을 다시 건너야 하는데, 그때 우리가 두 분의 주의를 딴 데로 돌리게 해주마. 중요한 건 두 분보다 더 빨리 집 앞까지 도착하는 거야."

아이들은 할아버지 백조의 말을 따르고 싶었지만, 피곤하고 아침부터 아무것도 먹지 못해 다리에 힘이 하나도 없었어요. 걸을 수 있다는 데 만족해야 했고, 엄마 아빠보다 걸음이 느린 터라 거리는 점점 벌어지기만 했죠. 할아버지 백조가 중얼거렸어요.

"일이 좀 복잡해지는군. 시간을 좀 벌어야겠는데…… 내가 알아서 하마."

할아버지 백조는 큰길로 뛰어들더니 엄마 아빠 뒤에서 소리를 지르며 바삐 쫓아가기 시작했어요.

"죄송합니다만…… 길에 뭐 떨어뜨리신 게 없나요?"

엄마 아빠는 달빛 아래 멈춰서 뭐가 빠진 게 없는지 바구니 안을 들여다보았어요. 백조는 이제 뛰지 않고, 아이들이 앞서갈 시간을 벌게 해주느라 할 수 있는 한 천천히 걸어갔어요. 엄마 아빠는 속이 터질 지경이었죠. 백조가 엄마 아빠에게 다가가 말했어요.

"아무것도 잃어버리신 게 없나요? 큰길에서 하얗고 예쁜 깃털을 주웠거든요. 제 것이 아니어서 두 분 것이 아닌가 생각했지요."

"우리가 너희 백조들처럼 깃털이나 달고 다닐 것 같아?"

엄마 아빠는 버럭 화를 내며 가버렸어요.

할아버지 백조는 울타리 반대편으로 건너왔어요. 아이들은 조금 앞서가는 듯했으나, 엄마 아빠가 성큼성큼 걸어서 오래지 않아 다시 아이들을 따라잡아버렸어요. 할아버지 백조는 몸이 녹초가 되었어요. 그래도 다정한 말로 마리네트와 델핀을 격려하며, 동료 백조들의 선두에 서서 있는 힘을 다해 달리기 시작했어요. 아이들은 커다랗고 하얀 새들의 무리가 눈앞에서 울타리 너머로 사라지는 것을 보았어요. 그러는 사이 엄마 아빠는 집에 있을 아이들에 대해 이야기하며 걸어가고 있었죠.

"아이들이 얌전히 놀았어야 하는데…… 큰길도 건너가지 않았겠지? 그랬기를 바라야지. 혹시 길을 건너갔다면……"

이 모든 이야기를 들은 델핀과 마리네트는 다리에 힘이 빠져 그대로 주저앉을 뻔했어요. 그런데 갑자기 엄마 아빠가 가던 길을 멈추고 눈을 동그랗게 떴어요. 그들 앞, 큰길 한복판에는 하얀 백조 열두 마리가 줄을 서서 달빛 아래 춤을 추고 있었죠. 백조들은 둘씩 짝을 지어 돌다가 왼발로, 오른발로 춤을 추기도 하고 서로 인사하는가 하면, 동그랗게 원을 만들고 긴 목을 늘어뜨려 열두 부리를 한 지점에 모은 다음 빙글빙글 돌기도 했어요. 너무나도 빨리 돌아서 누가 누구인지 알아볼 수 없을 정도였어요. 마치 하늘에서 내리는 눈의 소용돌이 같았어요.

"우아, 정말 예쁘다." 한참을 바라보고 난 후 엄마 아빠가 말했습니다. "그런데 어서 집으로 가야겠어. 시간이 너무 많이 갔다."

춤추는 백조들의 한복판을 지나 이들을 뒤에 남겨둔 채, 엄마 아빠는 뒤돌아보지 않고 집을 향해 걸어갔어요. 울타리 건너편에 있던 아이들이 이미 앞질러 가고 있었지만, 엄마 아빠의 발소리가 또다시 들려오자 먼저 집에 도착할 수 있다는 희망을 아예 잃어버리고 말았어요.

할아버지 백조는 동료 백조들과 함께 큰길을 떠나 아이

들 뒤를 종종걸음으로 쫓아갔어요. 하지만 너무 피곤한 나머지 걸을 때마다 휘청거리며 넘어질 뻔했어요. 이미 오래 헤엄친 데다 춤까지 추다 보니 완전히 기진맥진해버렸죠. 마지막 남은 힘을 다해 아이들 곁으로 다가갔을 때, 엄마 아빠는 집에서 100미터도 안 되는 곳까지 온 상태였어요. 백조가 아이들에게 말했어요.

"걱정하지 말거라. 엄마 아빠가 혼내지 않으실 거야. 나는 그만 가봐야겠다. 내 동료들이 안전하게 너희를 보호해줄 거야. 말 잘 듣겠다고 약속해주렴. 때가 되면 큰길을 건너게 해줄 거다."

할아버지 백조는 울타리에서 멀어지더니 있는 힘을 다해 밀밭 한복판을 달음질치기 시작했어요. 달리기가 점점 느려지는가 싶더니 다리가 뻣뻣해지고 풀밭에 이르러서는 그만 쓰러지고 말았어요. 그러고는 두 번 다시 일어나지 못했어요. 할아버지 백조는 노래를 부르기 시작했어요. 모든 백조가 죽어갈 때 하는 것처럼. 노래가 어찌나 아름다운지 듣기만 해도 눈에 눈물이 핑 돌았어요. 큰길에서 엄마 아빠는 손을 잡고 집 반대 방향으로 돌아선 것도 잊은 채, 목소리의 주인공을 찾아 밀밭으로 들어갔어요. 백조가 노래를 그친 뒤에도 엄마 아빠는 이슬을 밟으며 한참을 걸었어요. 집에 돌아갈 생각도 않은 채.

델핀과 마리네트는 부엌의 전등 빛 아래서 바느질을 하고 있었어요. 식탁이 차려져 있었고 벽난로에는 이미 불이 피워져 있었지요. 집 안으로 들어선 엄마 아빠는 전과 달리 나지막한 목소리로 인사하고는 아이들에게 별일 없었는지 물었어요. 눈은 촉촉이 젖어 있었어요. 전에는 한 번도 그런 엄마 아빠 모습을 본 적이 없었어요. 천장을 하염없이 바라보던 엄마 아빠가 말했어요.

"정말 아쉽구나! 방금 전에 너희가 큰길을 건너가서 보지 않은 게 너무 아쉬워. 백조 한 마리가 풀밭에서 노래를 불렀거든."